KB083999

해석으로부터?

조선령, 남수영, 신예슬, 오민, 최장현, 박수지 지음

토마   작업실유령

박수지·오민

토마
조선령
남수영
신예슬
오민
최장현
박수지

토마

차례

의심   곳곳

박수지·오민

모든 여정은 몇 가지 질문으로부터 시작되었다. 단순하게는 그 당시 서로가 하고 있는 일에 수반되었을 여러 가지 선택과 결정에 대한 질문이었고, 궁극적으로는 무엇을 중요하게 생각하고 있는지에 대한 질문이었다. 중대함에 관한 기호나 판단을 형성시킨 그간의 경험은 무엇인가? 비판과 적대의 지점은 어디인가? 그곳에서 능동성을 발휘한다면 그것은 어떤 실천이 될 수 있는가? 이 모든 질문의 기저에는 하나의 간결한 의문이 자리 잡고 있었다. 예술은 어떤 의심을 필요로 하는가?

질문을 한다는 것은 생각보다 제법 복잡한 일이다. 질문하는 행위는 모르는 것을 알고자 하는 일종의 의지, 내가 알고 있는 부분을 확인할 때 느끼는 약간의 만족, 자신의 경험에 비추어 근미래를 가늠해 보고자 하는 호기, 익히 알고 배웠던 것을 스스로 폐기하고자 하는 용기, 생각을 교류함으로써 얻어지는 질문자와 응답자 사이의 예기치 않은 우애 같은 것을 포함한다. 요컨대 질문에는 질문하는 이의 관점, 욕망, 태도, 목적과 같은 날것의 요소들이 묻어나기 마련이다. 그러니 질문을 한다는 것은 질문하는 자를 얼마나 위태롭게 만드는 일인가?

우리는 답이 정해지지 않은 것에 대해 타인의 의견을 물을 때 질문을 한다. 자기만의 답을 갖고 있을 때도, 내심 타인의 동

기술은

의를 얻기 위해 질문하기도 한다. 답이 정해져 있다고 믿을 때는, 답을 알고 있을 법한 사람에게 물을 수도 있다. 이때 '어떻게'로 시작하는 질문은, '왜'로 시작하는 질문보다 답을 구하는 것이 수월해 보인다. '왜'로 묻는다면 그 사건의 진원지에서 사건을 발생시킨 수행자 외에는 그 답을 말할 수 없지만, '어떻게'로 묻는다면, 꽤나 많은 사람들이 저마다의 답을 고민해 볼 수 있다. 그러나 답이 여러 가지일 수 있는 만큼, '어떻게'로 시작되는 질문은 더 어렵고 곤란하다. 그러니 이제 예술에 관해서라면 '어떻게'로 시작하는 질문이 더 정교해져야 되는 것이 아닐까?

이 책에는 여섯 명의 살아 있는 인물과, 한 명의 실체 없는 인물의 글이 엮여 있다. 여섯 명의 살아 있는 인물의 구성은 다음과 같다. 모든 기획과 구성을 함께한 박수지와 오민, 그리고 초대한 네 분의 연구자, 조선령, 남수영, 신예슬, 최장현이다. 각각의 글은 저자의 전문성과 관심사를 기반으로 하며, 각자의 비평적 토대, 즉 질문을 갖고 있다. 개별 글이 인용하는 이론 혹은 철학자가 다른 저자와 상이한 맥락으로 공유되기도 한다.

미학자이자 큐레이터 조선령은 초기 퍼포먼스 비디오의 반복성을 정신분석학적 혹은 미니멀리즘적 제스처로 독해하는 기존의 해석에 거리를 둔다. 그는 들뢰즈의 시간 이론을 참조해, 영상 매체의 반복성에 사로잡힌 신체의 반복을 존재론적 긍정의 관점에서 독해하며, 영상과 퍼포먼스 사이의 필연적인 관계에 대해 서술한다. 더불어 예술의 능력으로서의 차이와 반복에 대해 언급하기 위해 거쳐야만 하는 들뢰즈의 이론과, 그 이론의 원천이기도 한 베르그송의 순수 기억을 재방문한다.

영상 이론 연구자이자, 미디어 비평가 남수영은 영상에 있어 으레 전경화되어 있곤 하는 시각이, 사실은 실제의 감각과 거리를 두고 작동한다는 점을 재고하게 한다. 동시에 영상에 있어서의 환영적 시각에 대한 불신을 상기시킨다. 그리고 이때, 또 다른 실재로 교차하는 감각으로서의 청감각과 이것의 전시가 일종의 모더니티의 반전임을 통찰한다. 그의 글은 시원적 감각으로서의 청감각이 무한히 후렴으로 되돌리는 진실에 대해 미학적 견해를 펼친다.

음악 비평가 신예슬은 현대 미술에서 빈번히 발견되는 다원적 재료의 결합에 신중한 의문을 제기한다. 그 의문은 다원적 재료를 사용하는 창작자에게 가 닿기도, 그것을 관람하고, 매개하며, 비평하는 이들에게 적용되기도 한다. 소위 '다원 예술'로 불리는 예술에서 각각의 재료는 형식적, 내용적, 구성적 차원에서 얼마큼 숙고되었는지 질문한다. 더불어 이질적인 재료들의 다원적 결합을 뛰어넘어 다성적인 것으로서 결합할 때 이것이 어떤 상태일 수 있는지를 상상해 보게 한다.

작가 오민은 누군가의 질문과, 시간성과 예술론을 다룬 철학자, 미학자, 연구자의 저술 내용을 교차시키며 예술의 구성과 독해에 있어 시간이 관여하는 방식에 대한 의견을 개진한다. 더불어 시간을 재료로 하는 예술에서의 시간 구성에 관해 논의하며, 구성을 통해 이미지가 시간과 어떻게 결합하고 사유될 수 있는지, 구성은 어떻게 감각의 언어를 배치시키는지 면밀하게 추적한다.

미술사학자이자 큐레이터 최장현은 다채널 영상의 경험적 측면을 비평적으로 복기하며, 관람 방식이 다채널 영상과 관계

맺는 상황을 마르크스주의적 접근으로서의 조율의 개념으로 독해한다. 그는 1970년대부터 2010년대까지의 비디오 아트와 영화에 이르는 방대한 예시를 촘촘히 열거하며, 일인칭적이고 정동적인 관람의 경험이 형성시키는 조율의 가능성을 찾는다.

큐레이터 박수지는 예술의 정치가 가진 한계를 지적한 랑시에르의 논의를 비판적으로 들여다보며, 미술에 있어서 추상을 독해하는 한정적이고 역사적인 방식이 재현적 체계와 어떻게 연결되는지 살핀다. 몇 가지 지표와 같은 예시를 통해 예술의 추상 능력이 후퇴하고 있는 것은 아닌지 질문하며, 확장된 개념으로서의 추상성과 예술의 미학적 특질 사이의 긴밀성에 대해 언급한다.

작가와 큐레이터가 공동으로 만들어 낸 실체 없는 인물 '토마'(Thomas)는 이 책을 만들 수 있도록 종용한 인물이기도 하다. 태어난 시대도, 국적도, 성별도 없이, 다만 '(예술을) 의심하면서 믿는 자'라는 성격만 부여된 채 우리에게 끊임없이 그다음 질문을 던져 주었다. 그렇게 지난 1년간 서로에게 쏟아 냈던 질문의 8할은 여전히 미해결 과제로 남아 있다. 질문하는 수고로움, 질문에 질문으로 화답하는 시간이 없었다면 이 책은 나오지 못했을지도 모른다. 이제 우리에게 어떤 질문이 남아 있을까? 이 많은 질문들을 어떻게 나눠야 할까?

서울과 암스테르담에서

박수지·오민

예술 창작은 의심과 부정, 해체와 재구축의 과정이다. 때문에 예술 비평은 창작 완료 이후 발생하는 선택적 서술이 아니라, 창작 과정에서부터 비롯되는 미학적 태도다. 이때, 예술의 관객은 예술의 과거와 현재, 그리고 미래, 즉 예술의 역사다. 예술의 역사가 향하는 방향이 당대의 예술이 가리키는 방향과 늘 일치하는 것은 아니다. 당대의 경향성이란 때때로 의심 없는 선택의 결과로 나타나기도 하지만, 역사는 의심 없이 축적되지 않는다. 지금의 예술은 역사의 방향으로 귀결될 수 있을까? 오늘의 예술가와 비평가는 충분히 의심하고 있는가?

더 나은 의심, 더 명확한 의심을 위해서는 시간이 요구된다. 이 시간은 과거의 실험을 인지하고 존중하되, 비평적으로 재방문하는 데에 소요되는 시간이다. 동시에 이 시간은 과거의 미적 성취와의 상관관계에서 예술가가 자신의 방향을 가늠하는 시간이다. 이 시간은 과거에 천착하거나, 현재에 헌신하기 위한 시간이 아니다. 이 시간은 필연적인 의심을 위한 시간이다.

예술가의 책임은 과거를 동경하며 답습하는 것도, 시대의 긴급한 사안에 동참하는 것도 아니다. 예술가의 책임은 설득에 있지 않다. 예술가의 책임은 예술이 예술로서만 구현할 수 있는 미적 성취에 대한 사유의 운동성을 갱신하는 것이어야 한다.

단순한 모방, 반대를 위한 반대, 새로움을 위한 새로움은 의심이 결여된 만큼 진부하다. 오늘날 예술가의 정신―자율성, 독창성, 주체성, 독립성, 다양성―은 충분히 의심되고 있는가?

예술은 무엇으로 구성되어 있는가? 예술의 구성을 밝히는 것은 선택적 믿음의 문제인가, 결정론적 본질의 문제인가? 예술의 모든 역사를 껴안고도 도출 가능한 체계가 있다면, 예술의 미적 본질에 대한 통찰과 인식의 구성이란 예술이 예술로서 갱신하는 형식 자체라는 것이다.

예술의 외관을 띤 생산물(artifact)은 당대의 다른 생산물을 적극적으로 상호 참조하는 것에 만족하고, 실험의 뉘앙스를 풍기는 것에 심취한다. 장르 간의 다원적 결합 자체가 예술의 당대성을 보장해 주지 않는다. 예술로 승인된 제도 안에서 발생시킨 생산물이라고 해서 예술의 진위성을 담보하지 않는다. 조금의 노력만으로 쉽게 이해 가능한 상식적 통념에 기대고 있는 생산물로부터 가져갈 수 있는 인식의 안락함은 예술을 곤경에 빠뜨린다. 이렇게 예술을 소비하는 생산물은 관객마저 게으른 눈으로 바꿔 버린다.

의심은 곧 사유다. 예술의 사유는 말과 글로 수렴되지 않고 감각으로 귀결된다. 예술 안에서 말과 글은 감각으로 존재한다. 예술로서 의심하고, 사유한다는 것은 감각을 바깥으로 드러내는 일이다. 감각은 여러 역사적 계기들이 재료의 토대가 되어 형식을 갖추어 구성된 것일 뿐, 감각 재료의 존재 자체에 위계나 계급을 부여하는 일은 불가능하다. 이때 감각을 구성하는 데에 있어 수반되는 선택이 예술적 사유의 특질을 결정한다. 감각으로 의심하며, 감각을 구성하는 것을 예술에 있어서의 창작이라고 부를 수 있다. 즉, 예술에 있어서 감각은 사유이며, 감각과 사유는 대립 관계가 아닌 짜임 관계다.

감각은 객관화될 수 없지만, 무작위적인 것도 아니다. 감각은 하나의 총체적 구성물로서 인식된다. 감각은 윤리학의 문제가 아니라 감성학(aesthetics)의 문제다. 예술에 요청되는 긴급성은 '무엇'이기보다 '어떻게'에 대한 것이어야 한다. 내용의 긴급성과 주제의 당대적 필요성에 의거해 예술의 경중을 판단한다면, 이는 예술을 사회적 갈등 해소를 위한 효과적 도구로 갈음하는 것에 지나지 않는다. 감각을 누락시킨 가짜 감각이 긴급한 호소에 복무하기 위해 시각화되고 있다는 것과 다름없다. 감각을 매개하는 재료와 형식인 예술의 '어떻게' 안에 내용과 주제인 '무엇'이 이미 들어 있다. 그러니 내용의 긴급성이란 '어떻게'의 시의성이어야 한다. 즉, 형식은 내용과 대립 관계가 아닌 필요조건이다.

순수 예술의 발생 이후, 예술은 사유와 감각의 짜임 관계를 발견했다. 재료가 없는 예술은 없는 것과 마찬가지로, 형식이 없는 예술은 있을 수 없다. 재료와 그 형식 사이에 무수한 관계와 선택, 즉 구성이 예술의 성질을 결정한다. 그만큼 예술 재료, 형식, 구성을 파악하는 것은 예술을 가늠하는 데에 있어 가장 기본적이고도 논쟁적인 요소다. 역사적으로 변화하는 문화적, 기술적, 정치적, 사회적 계기들에 따라 재료, 형식, 구성에 대한 새로운 정의가 필요하다.

미술의 재료 개념은 갱신되었다. 시대적 변화의 계기들은 재료를 확장했고, 그와 함께 새로운 감각들로 포화되었다. 이제 미술에서 재료는 종이, 콩테, 연필, 수채/유화/아크릴 물감,

나무, 금속, 흙, 돌 등 물리적 요소에 국한되지 않는다. 재료는 빛의 감각, 즉 이미지뿐 아니라 소리와 몸을 흡수했고, 이는 재료가 공간, 움직임, 시간으로 확장되었음을 말한다. 뿐만 아니라 미술에서 재현을 다룰 때 긴밀하게 연관되어 온 사건, 역사, 문화 역시 재료에 포함된다. 이는 내용 혹은 주제 역시 재료가 되었음을 의미한다. 형식 역시 재료가 될 수 있으며 질문과 사유 역시 예술의 재료다. 이는 형식과 사유와 실천에 위계가 존재하지 않음을 뜻한다. 문학, 음악, 무용, 연극 등 타 장르 또한 재료다. 이는 형식 재료의 연구 범위가 넓어졌음을 시사한다. 각 재료에 접근하고 상호 작용하는 방식은 그 재료가 무엇인지에 따라 늘 다르다. 재료의 성질을 이해하는 것뿐 아니라 재료를 대하는 태도 역시 재료 연구에 포함된다.

예술의 형식 개념 역시 갱신되었다. 시대적 변화의 계기들은 재료를 확장했고, 형식 역시 확장했으며, 그와 함께 새로운 감각들로 포화되었다. 이제 미술에서 형식은 점/선/면/색/덩어리의 공간 조형에 국한되지 않는다. 형식이란 확장된 재료들이 맺는 물리적, 관념적, 역사적 관계를 의미하며, 그 관계에 따라 결과적으로 만들어지는 관계 구조를 의미한다. 더 나아가 사유하는 방식이 곧 형식이다. 형식은 내용의 외부가 아니고, 내용은 형식의 내부가 아니다. 내용을 묻는 것은 곧 형식을 묻는 것과 다르지 않다. 형식은 사유하는 방식을 엿볼 수 있는 계기이며, 사유의 도구이자, 사유의 결과물이기도 하다.

예술의 구성 개념 역시 갱신되었다. 시대적 변화의 계기들은 재료와 형식을 확장했고, 구성 역시 확장했으며, 그와 함께 새로운 감각들로 포화되었다. 이제 미술에서 구성은 기존의 재

창작자/관람자를 수동적으로 만드는가?　토마

료를 기존의 형식으로 물리적 공간에 배열하는 것에 그치지 않는다. 구성은 합리적 사고를 요청하지만, 재료들을 합리의 틀 안에 구겨 넣는 것은 불가능하다. 구성은 합리성의 체계 안에서 재료들 간의 관계를 설정하는 과정인 동시에, 수많은 변수를 받아들이는 복합적인 활동이다. 구성은 여러 확장된 재료들이 확장된 형식 안에서 맺는 모든 크고 작은 관념적/실질적 관계이자, 관계를 형성하기 위해 선택하고 결정하는 활동이다. 창작자와 재료 간의 멈추지 않는, 어디로 갈지 장담할 수 없는 운동의 관계를 설정하는 것이다. 구성은 창작의 모든 선택 과정을 포괄하는 운동성의 집합이다.

단순하게는 예술 작품을 '해석'하겠다는 명목하에, 예술의 실험을 가늠하기 위해서, 예술 작품의 정당성을 부여하기 위해서, 예술이 감상자에게 줄 수 있는 '효과' 혹은 가치를 논하기 위해서, 역사적으로 수많은 방법론들이 적용되었다. 그 이후 모두가 모든 것을 알 수는 없다는, 일종의 체념적 불가지론에 힘입어 모든 것을 '자기 취향'의 문제로 돌려 버리는 무책임함에 창작과 비평마저도 은밀하게 굴복하고 있지는 않은가? 결국 생산물이 어떤 경로로 유통되느냐, 어떤 권위를 가진 주체를 통해 언급되느냐가 그것의 예술적 위치를 결정할 뿐, 예술 자체로서 비평이 지나치게 희박한 것은 아닌가?

예술이 각 시대적 변화의 계기들을 토대로 한다는 것은, 예술이 시대의 수요를 반영해야 한다는 뜻이 아니다. 예술의 체계는 예술 안에서 새롭게 갱신되어 왔다. 예술의 체계를 만드는 것은 예술이 가진 운동성이지, 시대적 요구와 유행이 아니다. 우리가 동의할 수 있는 공통의 기대가 한 가지 있다면, 예술이 성취할 수 있는 실험의 새로운 국면을 마주하는 것이다. 이 실험은 역사적으로 수없이 다시 번복되었던 예술의 정의를 토대로 한다. 확장된 재료, 형식, 구성에 대한 정의와도 맥락을 같이 한다. 지금의 '실험'에 대해 집요한 의심을 멈추지 않을 때, 정작 예술의 빈곤을 발견하게 되는 것은 아닌가?

결국 섬세한 부정의 기술이 요구된다. 만약 순수 이윤을 목적으로 하는 생태계와 순수 예술이 '무엇'과 '어떻게'의 측면에서 결탁하고 있는지, 비평이 앞장서서 논한다면? 예술이 윤리적 정의로움에 재빨리 깃발을 꽂은 뒤, 표명된 정당함의 부산물을 취득하기 위해 분투하고 있는 것은 아닌지 날카롭게 언급한다면? 교조주의와 예술 사이에 거리를 확보하고, 그 대신 예술 창작의 과정에서 발생하는 수많은 선택에 관심을 기울인다면? 이때, 비평이 논할 수 있는 예술의 재료, 형식, 구성이 무엇이 될지 기대해 볼 수 있을까?

이제 창작과 비평에 대해 언급한다는 것은, 이미 쇠락한 예술 혹은 돌이킬 수 없는 예술에 대고 심폐 소생술을 시도하는 것일지도 모른다. 남은 것은 선택이다. 끝까지 예술 체계가 가진 부정의 운동성을 믿고 추구하느냐, 아니면 이 고립된 의심을 그만두고 지루한 해석에 편승하느냐.

토마

초기 퍼포먼스 비디오의 들뢰즈적 해석

1

"만일 반복이 가능하다면, 그것은 법칙에 의해서라기보다는 오히려 기적에 의해서이다."[1]

　"오로지 퇴화를 겪은 것만이 진화하고, 말하자면 안으로 말린 것만이 밖으로 펼쳐지는 것이다. 악몽은 아마 깨어 있는 사람도, 심지어 꿈꾸는 사람조차 견뎌 낼 수 없는 어떤 심리적 역동성일 것이다. 그것은 단지 꿈꿀 겨를도 없는 깊은 잠에 빠진 사람이 견뎌 낼 수 있는 역동성이 아닐까?"[2]

2

의미와 재현에 대한 믿음이 상실될 무렵 등장한 퍼포먼스가 자연적 신체로의 회귀로 이해되는 것을 막아 준 장치 중 하나는 퍼포먼스 필름의 존재였다. 에리카 피셔리히테가 말한 퍼포머와 관객의 "신체적 공동 현전"을[3] 훼손할 수밖에 없는 퍼포먼스 필름은 전통적인 지시 대상이었던 외적 자연 대신 근원이 될 수도 있었던 작가의 신체를 기원의 신화로부터 차단하는 역할을 했다. 기억에서 해방된 몸이 기계 장치에 사로잡히고 반

　1. 질 들뢰즈,『차이와 반복』, 김상환 옮김(서울: 민음사, 2004년), 27.

　2. 들뢰즈,『차이와 반복』, 268-269.

　3. 에리카 피셔-리히테,『수행성의 미학: 현대예술의 혁명적 전환과 새로운 퍼포먼스 미학』, 김정숙 옮김(서울: 문학과지성사, 2017년), 110.

복의 루프 속으로 들어갈 때 있는 그대로의 신체라는 실체를 퍼포먼스의 핵심으로 삼으려는 시도는 좌절된다. 반복해서 상영될 수 있는 퍼포먼스 필름은 일회적 현전을 특성으로 하는 공연 예술의 존재 방식을 근본적으로 바꾸는 것처럼 보였다. 하지만 움직이는 신체를 반복적으로 포착하고 기록하려는 욕망은 영상 매체의 초기부터 존재해 왔다. 에드워드 마이브리지와 에티엔 쥘 마레의 연속 사진의 상당 부분이 체조 선수나 무용수를 촬영한 것이라는 점, 뤼미에르 형제가 선보인 최초의 영화들 중의 하나가 공장을 나서는 노동자들의 움직임을 촬영한 것이라는 점은 이를 단적으로 말해 준다. 영화에 서사가 결합되면서 최초의 욕망이 희석되었을 뿐 영상 매체의 역사에는 움직임과 시간을 포착하려는 시도가 항상 가로놓여 있었다. 이런 의미에서 퍼포먼스의 시대와 비디오 아트의 시대가 겹친다는 사실은 단순한 우연이 아니다. 이 시기의 많은 퍼포먼스들이 처음부터 비디오나 필름으로 녹화하는 것을 전제로 수행되었다는 것, 즉 실제 관객 없이 제작되었다는 사실은 두 영역의 밀접한 관련성을 잘 말해 준다.

퍼포먼스와 영상 매체의 만남은 신체가 의미의 세계를 대신할 수 있는 자명한 토대가 아니라 계속해서 탐구해야 할 불안정한 영역임을 알려 주었다. 공동 현전의 신화를 더 이상 믿지 않고 영상과 현실의 차이를 단지 정도의 차이로 여기게 된 오늘날에도 퍼포먼스와 영상 매체의 만남이 더 깊은 탐구의 영역이 되리라는 기대는 여전히 존재한다. 우리가 들뢰즈의 이론을 개입시키려는 이유도 이런 기대 때문이다. 들뢰즈는 두 권의 책을 통해 영화에 대해 이야기했지만 우리는 영화 이론을 넘어 들뢰즈의 시간 이론, 들뢰즈의 존재론 전반이 초기 퍼포먼스 비디오의 해석에 어떤 새로운 시각을 던져 줄 수 있을 것이라는 기대를, 더 나아가서 퍼포먼스 필름이라는 영역 자체를 어떤 철학적 모델로 구성할 수 있을지도 모른다는 기대를 갖는다.

1960년대 말에서 1970년대 초에 제작된 퍼포먼스 필름들, 예를 들어 브루스 나우먼의 「사각형 댄스」(Square Dance), 「모서리에서 튕기기 No. 1」(Bouncing in the Corner No. 1), 비토 아콘치의 「중심들」(Centers), 「세 가지 적응 연습」(Three Adaptation Studies), 리처드 세라의 「납을 잡는 손」(Hand Catching Lead), 데니스 오펜하임의 「에코」(Echo) 등은 비디오 아트의 역사에서 흔히 소박한 초기 작업으로 설명되곤 한다. 편집이나 이미지 합성 등의 기술을 사용하여 매체의 특성을 드러낸 1980년대 이후의 본격적인 비디오 아트에 비해 영상을 단순히 퍼포먼스의 기록 수단으로 사용한 경우라는 것이다. 편집의 부재, 소리 없는 흑백 화면, 내러티브 없는 단순한 구성은 정교한 기술에 접근할 수 없었던 작가들의 환경과 시대의 한계를 반영한다는 설명이 종종 추가된다. 그러나 우리는 초기 퍼포먼스 비디오에서 퍼포먼스와 영상 매체의 '필연적' 만남을 찾고 거기서 어떤 미학적 의미를 끌어내 보고자 한다.

3

스튜디오에 영화 카메라나 캠코더를 켜 놓고 필름이나 비디오 테이프의 릴이 끝날 때까지 퍼포먼스를 수행하는 방식은 초기 비디오 퍼포먼스에서 흔히 관찰된다. 이때 퍼포머는 종종 무의미하고 텅 빈 것 같은 단순한 동작을 수행한다. 예를 들어 브루스 나우먼은 「사각형 댄스」에서 바닥에 테이프로 사각형을 만들어 놓고 그 한쪽 변의 중심에 서서 규칙적으로 양 다리를 사각형의 양쪽 꼭짓점에 부딪혔다가 제자리로 돌아오는 동작을 반복한다. 비토 아콘치는 폭력과 고통으로 표현되는 신체의 긴장을 더 강조한다. 「중심들」에서 아콘치는 오른팔을 들어 손가락으로 카메라를 가리키며 20여 분을 버티며, 「세 가지 적응 연습」에서는 눈을 가리고 날아오는 고무공을 받으려는 동작을 반복한다. 리처드 세라는 일련의 '동사들'을 스코어로 삼아 작업했던 조각 작업의 연장에서 영상을 제작했다. 30여 초 동안 떨어지는 납덩이를 잡으려는 반복적 손동작을 클로즈업으로 촬영한 「납을 잡는 손」은 녹인 납을 전시장 모서리에 뿌리는 퍼포먼스-조각 작업의 영상적 번역이라고 할 수 있다. 납이 떨어지는 속도보다 손이 잡는 속도가 느려서 납은 손에 잡히지 않기에(잡히는 경우에도 곧 다시 놓아 버린다) 이 동작은 필름이 끝날 때까지 반복된다.

이 작업들의 공통점은 변화나 변주, 기승전결이나 극적 전환 없이 처음부터 끝까지 같은 행위를 반복하거나 같은 동작을 지속한다는 것이다. 퍼포머는 종종 무표정하거나 얼굴을 드러내지 않는다. 어떤 의미 작용도 찾기 어려우며 반복되는 신체 행위만이 있다. 또 다른 공통점은 이 퍼포먼스들이 처음부터 카메라로 기록하는 것을 목적으로 스튜디오에서 수행된 것이라는 점이다. 실황 공연이 먼저 있고 그것의 사후적 기록이 있었던 것이 아니라는 것이다.[4] 초기 퍼포먼스 비디오의 작가들은 보통 8밀리나 16밀리 영화 카메라로 퍼포먼스를 촬영한

후 비디오로 전환하거나 캠코더로 직접 비디오테이프에 기록한 작품을 전시장에서 스크린이나 모니터에 상영했다. 이때 상영은 통상적인 전시장의 관습에 맞추어 루프적 반복이라는 형식을 취한다. 이런 점에서 퍼포먼스 비디오는 이중적 반복을 수행한다. 내용에 있어서 퍼포먼스의 반복, 형식에 있어서 영상 매체의 반복. 이 두 가지 반복은 서로 독립된 두 항이 아니다. 연극과 구별되는 "영화의 자동 기계적 성격"[5] 속에 퍼포먼스의 반복이 종속되기 때문이다.

초기 퍼포먼스 비디오의 이 반복성은 때로는 정신분석학적으로, 때로는 미니멀리즘적 제스처로 해석되곤 한다. 반복은 전자에서 어떤 잃어버린 것의 실패한 반복, '억압된 것의 귀환'으로 이해되며, 후자에서는 자본주의 대량 생산 논리의 퍼포먼스적 번역으로 이해된다. 어느 쪽이건 반복은 결국 현대 사회의 '증상'을 드러내는 작업으로 해석된다. 그러나 이것이 전부일까? 실패를 통해 자신의 가치를 구축하는 부정성의 미학을 넘어서는 방법은 없을까? 우리는 들뢰즈의 이론을 참조하여 초기 퍼포먼스 비디오에서 발견되는, 영상 매체의 반복성에 사로잡힌 신체의 반복을 존재론적 긍정의 관점에서, 즉 자신을

4. 물론 개별 작가들이 이 경계선을 엄격히 긋고 작업한 것은 아니었다. 나우먼도 「실시간-녹화된 비디오 복도」(Live-Taped Video Corridor) 등의 작업에서는 실제 공간에서 관객의 신체를 작품의 구성 요소로 삼았으며, 아콘치도 관객을 앞에 둔 실황 퍼포먼스를 펼치기도 했다. 하지만 그런 경우에도 아콘치와 나우먼은 가능한 한 퍼포머와 관객의 명시적 대면을 피한다. 그들의 퍼포먼스는 연극적으로 보이지만, 이는 소통 없는 연극이다. 이런 점에서 주로 실제 공간의 관객을 퍼포먼스의 작인으로 삼았던 댄 그레이엄이나 조앤 조너스는 다소 다른 성향의 작가들이라고 할 수 있다. 하지만 이들 역시 거울, 캠코더, 스크린 등의 장치를 통해서 매체의 역할을 중요 요소로 배치했다는 점은 지적되어야 할 것이다.

5. 질 들뢰즈, 『시네마 2: 시간-이미지』, 이정하 옮김(서울: 시각과 언어, 2005년), 349.

정당화하기 위하여 다른 것을 필요로 하지 않는 작업으로 해석해 보고자 한다. 이 작업이 가능한 것은 들뢰즈가 무엇보다 반복의 철학자이기 때문이다. 그러나 그는 동시에 차이의 철학자이기도 하다.

반복은 들뢰즈의 존재론 속에서 특별한 위치를 차지한다. 재현의 틀 속에서는 동일성의 부정으로만 이해되는 차이를 그 자체로 사유하고 감각하기 위해서는 외부가 아니라 내부로, 더 심층으로 들어가야 한다. 들뢰즈에 따르면 반복은 차이로 들어가는 입구이며 "차이의 분화소"(le différenciant)이다.[6] 일반적으로 반복은 차이의 부재를 의미하지만 들뢰즈는 반복이야말로 차이에 접근하는 열쇠라고 주장한다. 반복이란 글자 그대로 같은 것의 되풀이를 의미하며 통상적으로 이는 예술의 창조성에 반한다. 하지만 들뢰즈는 예술의 능력을 반복이라고 말한다. 예술은 "어떤 내면적 역량을 통해서 모든 반복을 반복" 한다.[7] 들뢰즈는 "차이를 포괄하는 반복",[8] 평범한 것에 대립되는 특이한 것, 습관에 대립되는 창조성을 드러내는 기묘한 반복에 대해 말한다. 이 반복은 무엇이며, 초기 퍼포먼스 비디오와 어떤 관련이 있는가? 우리가 출발해야 할 곳은 시간을 반복으로 보는 들뢰즈의 독특한 시간 이론이다.

4

들뢰즈는 자신의 시간 이론의 기본 틀을 베르그송의 이론에서 차용해 온다. 베르그송은 『물질과 기억』에서 우리가 눈에 보이

6. 들뢰즈, 『차이와 반복』, 183.   7. 들뢰즈, 『차이와 반복』, 622.
8. 들뢰즈, 『차이와 반복』, 71.

조선령

지 않아도 공간 속에 사물들이 있다는 것을 의심하지 않으면서 왜 과거는 사라진다고 생각하는지 묻는다.[9] 베르그송에 따르면, 과거는 사라지지 않으며 단지 현실성을 잃었을 뿐이다. 과거는 현실적(actuel)이지 않지만 실재적(réel)으로, 즉 잠재적(virtuel)으로 존재한다. 이 잠재적 과거를 베르그송은 "순수 기억"(souvenir pur)이라고 부른다.[10] 순수 기억은 우리가 체험한 과거 전체를 의미하며, 잠재적 상태 속에서 "우리 정신의 흘러간 삶의 그림을 그 모든 세부 사항까지 보존하고 있다."[11] 베르그송에 따르면 기억은 회상만이 아니라 모든 현재의 행동에 개입한다. 변하지 않는 현재 지점은 없으며 모든 지각은 항상 이미 과거이기 때문이다.[12] 어떤 것을 지각하고 인식할 때 우리는 과거에 우리가 경험한 모든 사건들을 다시 참조한다. 그러나 이는 개별적 기억들을 소환하는 것이 아니라 보편적인 기억 속으로 단번에 건너가서 과거 전체를 다시 반복하는 것이다. 순수 기억은 이 보편적 기억 혹은 과거 전체를 의미한다. 현재는 순수 기억이 매 순간 다른 수준으로 '수축할 때' 발생한다.

9. 앙리 베르그송, 『물질과 기억』, 박종원 옮김(서울: 아카넷, 2005년), 244.

10. 혹은 베르그송은 순수 기억을 'mémoire'라고 부르고 개별 기억인 'souvenir'와 구별하여 기억 전체라는 의미로 사용한다. 베르그송, 『물질과 기억』, 261. 잠재적인 순수 기억과 달리 이미지 기억과 습관 기억은 현실적인 기억인데, 이는 순수 기억이 서로 다른 수준으로 현실화된 결과이다.

11. 베르그송, 『물질과 기억』, 397. 순수 기억은 말하자면 해상도가 가장 높은 층위이다. 이 해상도를 낮추어 수축시킨 것이 현재이다. 베르그송의 유명한 원뿔 도형은 가장 해상도 높은 팽창 지점(원뿔의 밑면)으로서의 순수 기억과 그것의 가장 수축된 지점으로서의 현재(꼭짓점)를 '공간적 은유로' 보여 준다. 베르그송의 표현에 따르자면, 현재의 지점에서 순수 기억의 지점으로 간다는 것은 "흐릿한 성단이 점점 더 강력한 망원경으로 관찰됨에 따라 점점 더 많은 수의 별들로 나뉘어 보이는 것과 같다." 베르그송, 『물질과 기억』, 280. 275도 참조.

12. 그러나 이는 지각이 희미해진 것이 기억이라는 의미가 아니다. 지각과 기억 사이에 본질적인 차이가 있다는 것이 베르그송의 전제이다.

베르그송의 순수 기억을 변형시킨 들뢰즈의 "순수 과거"(passé pur) 개념은 과거가 현재의 전제이며 토대라는 명제의 바탕이 된다.[13] 베르그송이 말하듯이 현재의 매 순간이 과거 전체의 수축이라면, 현재가 발생할 때 과거가 동시에 반복되며 과거는 현재와 공존한다고 말할 수 있다. 현재는 과거의 반복이며, 과거에 의해 반복되는 것이다. 과거는 자기 자신을 반복하면서 현재를 반복하게 한다. 이런 의미에서 들뢰즈는 현재는 지나가는 것이지만 현재를 지나가게 하는 것은 순수 과거라고 말한다. 다시 말해 순수 과거는 (현재의 희미한 그림자이기는 커녕) 현재보다 선행하는 과거이다. 그것은 현실적이지 않다는 의미에서 아직 날짜를 부여받지 않은 과거이며 보편적 과거이다. 순수 과거는 "시간 전체의 종합",[14] "시간의 즉자적 측면"이지만[15] 공간적 은유로 이해할 수 있는 정태적 실체가 아니라 "영속적으로 자기 자신과 달라지고"[16] 있는 차이화의 운동 자체이다. 들뢰즈에 따르면, 시간의 참 모습에 접근하기 위해서 우리는 시간을 과거, 현재, 미래를 어떤 직선 위의 지점들로 이해하는 사고방식, 다시 말해 시간을 공간적으로 사유하는 습관에서 벗어나야 한다.

시간은 반복이다. 그런데 시간은 또한 스스로 달라지면서 차이를 분화시키는 반복이다. 베르그송의 순수 기억이 과거 사

---

13. 순수 기억이 더 이상 개인의 기억이 아님에도 불구하고 여전히 기억이라는 용어를 사용하는 베르그송과 달리 들뢰즈의 순수 과거는 더 이상 심리학의 흔적을 갖지 않는다. 순수 과거는 실체에게도 주체에게도 귀속되지 않는다. 시간은 더 이상 인간적 시간이 아니며 과거는 익명적이다.

14. 들뢰즈, 『차이와 반복』, 194.   15. 들뢰즈, 『차이와 반복』, 195.

16. 들뢰즈, 『차이와 반복』, 235.

건들을 개별적 특성을 손상시키지 않고 그대로 간직하고 있었듯이, 들뢰즈의 순수 과거는 특이성, 충만성, 생생함의 극한으로 요약된다. 순수 과거의 반복은 차이의 증가를 의미하는데, 이는 차이의 간격이 커지는 것을 의미하는 것이 아니라 간격이 더 촘촘해지는 것, 혹은 차이가 스스로를 봉인하는 것을 의미한다(이는 수학적 개념으로서의 미분, 즉 사유할 수 없는 가장 짧은 순간에 계속해서 자기 자신을 잘게 조개는 운동으로 설명될 수 있다). 현실화된다는 것은 차이가 감소하는(일반성이 증가하는) 것을 의미하지만, 현실화의 매 순간 차이가 다시 봉인되는(특이성이 증가하는) 역방향의 운동, 즉 잠재화의 운동이 동시에 일어난다. 그래서 시간은 과거에서 미래로 흘러가지 않는다. 시간은 양방향으로 생성된다. 이 비연대기적 시간이 시간의 실재적 모습이다.

5 ·

앤 와그너는 「퍼포먼스, 비디오, 현존의 수사학」에서[17] 초기 비디오 아트의 특성을 나르시시즘으로 본 로절린드 크라우스의 이론이 관객의 문제를 놓치고 있다고 비판한다. 그런데 비디오 아트의 관객은 예술이 역사적으로 당연시하던 관객이 아니다. 이제 관객의 장소는 티브이와 같은 새로운 매체 앞이기 때문이다. 비디오와 퍼포먼스에서 (예전에는 작품 뒤에 숨어 있던) 작가의 신체가 전면에 등장한 것은 관객의 현존에 대한 질문을 던지는 제스처라는 것이 와그너의 주장이다. 와그너는 70년대

---

17. 앤 와그너(Anne M. Wagner), 「퍼포먼스, 비디오, 현존의 수사학」(Performance, Video, and the Rhetoric of Presence), 『옥토버』(October) 91호(2000년 겨울), 59~80.

퍼포먼스와 비디오에서 모두 유사하게 관객을 향한 공격적인 행동이 눈에 많이 띈다는 것은 이의 징후라고 주장하며, 비토 아콘치의 「엿보기」(Pryings)를 단적인 예로 제시한다. 이 비디오에서 아콘치는 손가락으로 어떤 여성(캐시 딜런)의 눈을 억지로 뜨게 하려고 애쓰지만 계속 실패한다. 와그너에 따르면, "그는 그녀를 관객으로 만드는 데 실패한다."[18] 와그너에 따르면 이 실패한 시도의 반복을 보여 주는 비디오와 퍼포먼스는 "현대 미술의 역사 속에 등장한 어떤 특별한 불안의 순간"을 표시한다.[19]

『시네마 2: 시간-이미지』에서 들뢰즈는 와그너가 말한 상황과 비슷하게 "현대적 사실이란 우리는 더 이상 이 세계에 대한 믿음을 갖고 있지 않다는 것"이라고[20] 말한다. 그러나 와그너가 불안을 말한 지점에서 들뢰즈는 "예술가의 몫이란 더욱더 인간과 세계의 관계를 믿는 것"이라고[21] 말한다. 하지만 이 믿음은 불신을 복원할 어떤 형이상학적 토대를 겨냥하지 않는다. 믿음의 대상은 믿음의 붕괴 자체이다. 들뢰즈의 존재론은 근원을 찾으려는 시도라는 점에서 철학 일반과 같은 목적을 갖지만, 들뢰즈가 생각하는 근원은 (그 자신의 표현처럼) "근거와해"(effondrement)[22] 혹은 카오스에 다름 아니다. 통상적 인식이 붕괴와 해체라고 부르는 것을 들뢰즈는 힘과 강도의 증가, 생성이라고 부른다. 카오스이자 생성, 강도이자 차이인 이 '근거 아닌 근거'의 다른 이름은 시간이다.

18. 와그너, 「퍼포먼스, 비디오, 현존의 수사학」, 79.
19. 와그너, 「퍼포먼스, 비디오, 현존의 수사학」, 67.
20. 들뢰즈, 『시네마 2』, 338. 21. 들뢰즈, 『시네마 2』, 337.
22. 들뢰즈, 『차이와 반복』, 163.

들뢰즈는 『차이와 반복』에서 그리스 비극을 모델로 한 '가면의 연극'을 예술의 대변인으로 제시하지만,[23] 『시네마 2』에서는 영화 매체에 시간 자체를 현시하는 역할을 부여한다. 이는 그가 "시간-이미지"(image-temps)의 영화라고 부른 것을 통해서 실현된다. 고전 영화가 "운동-이미지"(image-mouvement)의 영화라면, 현대 영화는 시간-이미지의 영화이다. 들뢰즈에 따르면 예이젠시테인으로 대변되는 운동-이미지의 영화는 공간적으로는 프레임에 의해, 시간적으로는 몽타주에 의해 '전체'와 관련을 맺는다. 그러나 여기서 전체로서 시간은 직접적으로 현시되지 않고 통합과 분할의 작동에 의해 단지 개념적으로 전제된다. 반면 현대 영화는[24] 시간의 직접적 현시를 드러내는데, 이는 더 이상 전체를 개념적으로 전제하지 않고 각각의 이미지는 단지 자신의 한계에 의해 '바깥'과 관계를 맺기 때문이다. 그런데 이 바깥은 사실상 내부 아니 차라리 깊이라고 불러야 한다. 왜냐하면 이 바깥은 끝없이 차이화의 운동을 하면서 현실화되는 동시에 잠재화되는 시간 자체를 의미하기 때문이다.

들뢰즈는 『시네마 2』에서 현실적 이미지와 잠재적 이미지의 교차 혹은 식별 불가능성을 영화가 시간 자체를 드러내는 방법으로 제시하면서 오슨 웰스의 「상하이에서 온 여인」(The Lady from Shanghai)의 거울 방 장면을 사례로 든다.[25] 그러

23. 이런 점에서 『차이와 반복』은 니체의 『비극의 탄생』(Die Geburt der Tragödie aus dem Geiste der Musik)의 재해석이기도 하다.

24. 들뢰즈는 여러 감독을 거론하는데, 특히 그가 중요하게 생각하는 감독은 알렝 레네, 미켈란젤로 안토니오니, 장뤼크 고다르인 것으로 보인다.

25. 들뢰즈, 『시네마 2』, 152.

나 어떤 의미에서 이 장면은 여전히 들뢰즈가 재현의 논리 속에 갇혀 있다고 본 모순과 대립에 근거한 차이의 장면처럼 보인다. 실제 인물과 그것의 거울 쌍이라는 대립을 추출할 수 있기 때문이다. 오히려 단지 계속해서 제자리로 돌아오는 움직임이 있을 뿐인 초기 퍼포먼스 비디오가 이 식별 불가능의 운동과 더 비슷하지 않을까? 「사각형 댄스」에서의 다리 동작, 「에코」에서 벽을 치는 손의 움직임, 「세 가지 적응 연습」에서 공을 잡으려는 동작에 대해서 우리는 대립을 말할 수 없기 때문이다. 이 동작들은 대립 항을 갖는 분절된 움직임이 아니라 완결 없이 되풀이되는 행위일 뿐이다.

『시네마 2』에 나오는 현실적 이미지와 잠재적 이미지의 관계는 『차이와 반복』에 등장하는 "헐벗은 반복"(répétition nue)과 "옷 입은 반복"(répétition vêtue)의 관계에 해당한다. 헐벗은 반복은 똑같은 것의 되풀이 혹은 기계적인 반복을 의미한다.[26] 그것은 현재의 반복이며 구성 요소의 반복이다. 들뢰즈에 따르면 이 헐벗은 반복은 "외피이거나 겉봉투"이며,[27] 그 심층에는 항상 옷 입은 반복이 작동하고 있다.[28] 옷 입은 반복은 과거의 반복이며 전체의 반복이다. 옷 입은 반복은 더 이상 경험적 사태가 아니라 초월론적 운동이며, 존재의 역량을 보여주는 특이성의 반복, 시간 자체의 반복이다. 헐벗은 반복과 옷

---

26. 하지만 엄밀히 말하면 물질적, 기계적 차원에서 반복은 자신을 지탱할 수 없다. 반복에는 다음에 동일한 것이 올 것이라는 기대가 개입되어야 하며, 이 때문에 들뢰즈가 '응시'라고 부르는 정신이 개입해야 한다. 들뢰즈, 『차이와 반복』, 175~180.

27. 들뢰즈, 『차이와 반복』, 182.

28. 옷 안에 헐벗은 신체가 있다는 통상의 생각을 뒤집어서 들뢰즈는 헐벗은 반복 안에 옷 입은 반복이 있다고 말한다.

조선령

입은 반복은 대립하는 두 항이 아니라 동시에 발생하는 반복의 두 층위이다. 옷 입은 반복은 헐벗은 반복의 원인이기 때문에, 전자 없이 후자는 발생할 수 없다. 하지만 반복의 두 층위가 있다는 것과 그것이 감각된다는 것은 다른 의미이다. 예술의 역량은 옷 입은 반복을 감각의 대상으로 만드는 것이라고 말할 수 있다.

초기 비디오 퍼포먼스의 반복은 영상 매체의 기계적 시간에 맞추어 수행된다는 점에서, 그리고 기계적 반복을 통해 상영된다는 점에서 헐벗은 반복의 외관을 지닌다. 퍼포머들은 기계적 반복에 수동적으로 종속되고 그 속에 사로잡힌다. 초기 퍼포먼스 비디오에서 신체의 피로, 소진, 고통, 지루함은 종종 중요한 모티프로 작용한다. 그러나 피로와 소진이 발생하는 이유는 단지 같은 행동을 계속 반복하기 때문이 아니다. 그 동작이 기계적 반복에 맞추어져 있기 때문이다. 언제까지 반복할 것인가? 필름이나 비디오테이프의 릴이 끝날 때까지이다. 하지만 이것도 끝은 아니다. 영상이 존재하는 한 작품은 반복적으로 상영될 수 있기 때문이다. 또한 전시장이 열려 있는 시간 동안 영상이 반복되기 때문에, 전시 중에도 반복이 발생한다. 초기 퍼포먼스 비디오 관람 상황에서 관객이 모니터나 스크린 앞에 서 있거나 앉아 있는 시간은 종종 '지루함'으로 요약되는데, 그것은 퍼포머의 신체처럼 관객의 신체 역시 기계 장치에 종속되기 때문이다.

유기적 신체가 기계 장치의 반복성에 수동적으로 종속될 때, 현기증, 카오스, 병리성이라고 부르는 것, "강박적 예식이나 정신 분열증적 상동증",[29] "마리오네트, 꼭두각시"의[30] 움직임 같은 것이 발생한다. 하지만 헐벗은 반복이 내적 한계에 이르는 지점에서 옷 입은 반복이 모습을 드러낼 때, 반복의 이 병리성은 긍정적 역량으로 역전된다. 이는 쉽게 일어나는 평범한 일이 아니라, 헐벗은 반복이 극단적으로 되풀이될 때, 그 강도가 최고조에 이를 때 발생하는 특이한 일이다. 들뢰즈는 이를 "첫 번째 것을 n승을 역량으로 고양시키는 것"으로[31] 표현한다. 그런데 이는 모방하기, 가면 쓰기, 혹은 위장(déguisement)과 전치(déplacement)에 의해 발생한다. 들뢰즈에 따르면 위장과 전치는 "반복의 처음이자 마지막의 요소들"이다.[32] 들뢰즈가 프로이트에게서 차용한 이 용어들은 원본 없이 계속 다른 모습으로 달라지는 차이의 운동으로 이해될 수 있다. 헐벗은 반복이 파열하는 지점까지, 비재현적인 차이가 모습을 드러낼 때까지, 신체가 소진될 때까지 기계적 반복성을 모방하기, "모상이 전복되고 허상으로 변하게 되는 그 극단의 지점까지"[33] 모방을 반복하기. 이를 통해서 "재현을 넘어서고 허상들을 불러들이는 깊이와 무-바탕의 진정한 본성이 드러나는 세계"를[34] 현시하기.

들뢰즈의 이 관점을 받아들인다면, 초기 퍼포먼스 비디오의 반복이 억압된 것의 회귀 혹은 대량 생산 논리의 반영이라는 해석과 다른 이야기를 할 수 있을 것이다. 납을 잡으려는 무의미한 손동작, 팔을 들고 버티는 행위, 계속 제자리로 되돌아오는 동작. 신체를 소진시키고 피로하게 하는 이 극단의 반복

---

29. 들뢰즈, 『차이와 반복』, 59.
30. 들뢰즈, 『시네마 2』, 524.
31. 들뢰즈, 『차이와 반복』, 24.
32. 들뢰즈, 『차이와 반복』, 610.
33. 들뢰즈, 『차이와 반복』, 209.
34. 들뢰즈, 『차이와 반복』, 589.

조선령

들은 평범한 반복의 심층에서 작동하는 특이성의 반복, 현재의 반복 뒤에서 작동하는 순수 과거의 반복, 시간 자체의 운동이 될 수 있지 않을까?

7

시간이 과거의 반복이라는 명제는 들뢰즈의 마지막 말이 아니다. 들뢰즈는 반복은 그 가장 심층적 차원에서 "미래의 반복"이라고[35] 말한다. 순수 과거, 즉 날짜를 부여받지 않은 일반적 과거란 한 번도 현재였던 적이 없었던 과거이며, 이는 결국 아직 오지 않은 것, 미래이기 때문이다. 들뢰즈는 미래의 반복으로서의 시간을 "빗장이 풀린 시간"이라고도 표현한다.[36] 들뢰즈는 미래의 반복을 설명하기 위해 니체의 영원 회귀(éternel retour / Ewige Wiederkunft) 개념을 차용한다. 영원 회귀는 자연의 변함없는 순환을 의미하지 않는다. 그것은 전적으로 새로운 것의 창조이다. 영원 회귀로서의 시간은 같은 것(동일성의 외관)의 무한한 반복인 동시에 "절대적으로 새로운 것"(계속 자신과 달라지는 차이)의[37] 도래다. 이런 점에서 영원 회귀는 원환이 아니라 차라리 직선이다.[38] 과거, 현재, 미래라는 연대기적 시간이 오히려 가상이며, 시간의 실재적 모습은 미래의 반복으로서의 영원 회귀이다.

　이 관점에서 우리는 초기 퍼포먼스 비디오를 둘러싼 부정의 미학을 긍정의 미학으로 대체할 수 있을 것이다. 영원 회귀

---

35. 들뢰즈, 『차이와 반복』, 217.　　　36. 들뢰즈, 『차이와 반복』, 632.

37. 들뢰즈, 『차이와 반복』, 213.

38. 들뢰즈는 만약 영원 회귀가 원환이라면 그것은 이 직선의 끝에서 발생하는 일그러진 원환일 것이라고 말한다. 들뢰즈, 『차이와 반복』, 631 참조.

속에서 과거의 반복은 새로운 것의 도래를 의미하기 때문이다. 그러나 이 새로운 것은 어떤 능동적인 행위를 통해 도래하지 않는다. 퍼포먼스의 수행과 관람에서 기계 장치에 사로잡혀 피로하고 소진된 신체는 창조성에 대립되기는커녕 그것의 조건이 된다. 신체의 수동성은 동일성의 논리로 설명될 수 없는 시간의 운동, 차이를 분화시키는 강도를 견뎌 낼 수 있는 능력을 뜻한다. 들뢰즈에 따르면, 두뇌의 주체가 아니라 신체의 주체, "애벌레-주체"(sujet lavaire)만이[39] 견딜 수 있는 강도가 있다. 코기토의 주체는 이를 참아 낼 수 없다. 이 애벌레-주체는 한 명의 개인이 아니다. 그것은 "전(前)개체적 독특성 … 익명인 아무개(on)"이다.[40] 감각은 더 이상 개체에 속하지 않는다. 들뢰즈에 따르면, 예술은 우리에게 배우 없는 연극, 익명적인 감각, 비유기적인 생명을 감각하게 해 준다. 여기서 우리는 기계 장치에 사로잡힌 신체를 통해 이를 수행하는 것이 퍼포먼스 필름의 역량이라는 잠정적 명제를 도출할 수 있지 않을까? 이때 스크린은 "과거와 미래, 내부와 외부가 대면하는 뇌막과 같은 것"이 될 것이다.[41]

39. 들뢰즈, 『차이와 반복』, 187.   40. 들뢰즈, 『차이와 반복』, 589.
41. 들뢰즈, 『차이와 반복』, 244.

지연된 사건으로의 초대

토마에게, 또는 토마의 의심스런 인사

안녕하세요, 저는 토마의 목소리에 초대받은 자입니다.

나는 소리를 만듭니다. 나는 말을 합니다. 나는 텍스트의 주인이지만 동시에 텍스트가 없이는 아무 말도 할 수 없습니다.

나는 기록합니다. 나는 말을 전합니다. 나는 텍스트의 주인이지만 동시에 텍스트가 없이는 아무 말도 할 수 없습니다.

나는 누구이며 지금 어디 있습니까?

발화자로서 나는 여러분과 함께 있지만, 한편으로 나는 이 텍스트 뒤에 있도록 초대된 사람이기도 합니다. 아마도 이들의 차이는 지금-여기와 부재하는 과거 사이에 있을 것입니다.

그래서 여러분은 저를 볼 수 없지만 들을 수 있습니다. 보기와 듣기가 다른 감각이라는 게 확실하다면 말입니다. 다른 한편으로 저는 들을 수 없지만 볼 수 있는 사람입니다.

이미 눈치 채셨을 것 같습니다. 여기서 '저'는 하나가 아닙니다. 저는 토마이기도 하고 토마에 초대된 자이기도 합니다. 초대자는 저의 입을 빌려 비로소 이야기하지만, 저는 그 이야기가 생성되기 전부터 대화하고 있었습니다. 사실 저와 초대자를 (또는 저와 토마를) 이 대화에 초대한 것은 작가이며, 저는 그 작업의 일부입니다. 따라서 나에게 목소리가 주어진다면 무엇을 말하고 싶은가라는 질문은 초대자만의 것은 아닙니다. 나에게 이름과 모습을 주었던 누군가도 같은 질문을 가지고 있었을 것입니다. 아마 지금 여러분도 같은 질문을 떠올리게 되었을지 모릅니다.

첫 번째 생각: 모더니티의 유령

모습과 목소리가 꼭 하나의 기원을 가지고 있을 필요가 없다는 것은 그다지 놀라운 일이 아니다. 항상 통합적인 주체로 여겨 왔던 인간에 집중하던 눈을 조금만 돌리면, 우리는 인간 신체의 많은 기능들을 확장시켜 주는 매체를 만나게 된다. 더 나아가 이렇게 매체를 통해 매개된 감각들도 마치 그들이 원래 하나였던 것처럼 조화롭게 재구성되고 있다는 것을 발견할 것이다. 인간 신체를 대체하는, 그래서 인간을 초월하는 기계들의 기원은 사소한 도구들로부터 시작해서 인간의 사유 능력 자체를 지시하는 코기토까지 확장될 수 있을 것이다. 그러나 매체의 시대란 그렇게 생각하는 기계라는 인간을 기계적으로 복제하기 시작했을 때를 가리키는 것이다. 바로 그러한 인간 기능의 연장으로서의 기계가 인간의 개입 없이 스스로 작동한다는 것, 바로 19세기 자동 기록의 매체들이 열어 놓은 '현대'로의 통로에서 등장한 유령의 실체다. 모더니티는 스스로 움직이며 인간의 능력을 카피하고 때론 초월하는 유령과의 공존을 의미한다.

모더니티를 대표하는 영화 매체에서 원래는 따로 기록되었던 모습과 목소리를 일치시키는 작업은 그리 놀라운 일이 아니다. 보통 온전한 하나의 존재, 있는 그대로의 세계를 그대로 드러내 줄 수 있는 매체로 간주되는 영화에서는 사실 다양한 감각들 기호들을 빈틈없이 연결하는 보이지 않는 손이 있으며, 이러한 편집과 동기화(synchronization)의 작업들을 통해 기록된 이미지가 지시하는 의미들은 우리 감각의 지금-여기에서 펼쳐진다. 그러나 매체를 통해 소리가 조절되는 것은 결국 소리의 동시성(현재성)을 과거나 미래로 우회시키는 것일 텐데, 이는 영화라는 모더니티(현재성)의 반전 결과다.

이런 잘 알려진 영화의 '트릭'을 이 글을 전달하는 지금 반복하려는 것은 아니다. 내가 현재로서는 이름만 분명한 토마를 마치 나의 분신인 듯, 인형인 듯, 자유자재로 말하게 할 수 있는지 알 수 없기 때문이다. 오히려 나는 그가 나 이외의 다른 사람들, 작가, 초대자들의 목소리를 전달하며, 그 복수의 목소리들 안에 나의 목소리를 살짝 끼워 넣는 상상을 한다. 다양한 소리의 조합이 만들어 내는 음악 안에서 들리는 듯 들리지 않게, 어떤 텍스트가 아닌 약한 연결로서 묻혀 흘러가는 것이다.

그러나 다른 한편으로 나는 청자의 기억에 남는 무엇인가를 남기고 싶다. 나의 이야기가 토마가 만들어 낼 조화로운 음악 전체에서, 맥락으로부터 벗어난 일부라도, 멋쩍음으로, 당황스러움으로, 의문으로, 여운으로 남아 누군가에게 지워지지 않고 되돌아오는 어떤 흥얼거림이 될 수 있을까. 이런 무형의 음악은 그것이 머무는 모두에게 어떤 자유로움의 증거가 될 것이다. 매끈한 현실 감각으로부터의, 잘 짜인 논리로부터의, 원작자로부터 요구되는 정교한 이해로부터 자유로운, 그러나 덮거나 멈출 수 없는 어떤 생각의 흐름에 대한 증거 말이다.

두 번째 생각: 구술 문화와 문자 문화 사이, 영화 매체

"나는 토머스 앨바 에디슨을 깊이 혐오합니다. 그는 세상 모든 발명 중에서도 가장 끔찍한 것을 우리에게 선사했기 때문입니다. 축음기를!"[1] —한스 하인츠 에버스

인쇄물이 통일된 문화로 길들여진 것들을 대변한다면, 목소리는 각기 다른 특성이 살아 있는 개별자로 감각된다. 그 고유함 때문에 목소리는 그 주인에게 절대적으로 귀속된 것이었다. 그런데 축음기는 실재하는 목소리를 저장하여 그 목소리의 주인이 부재함에도 소리가 살아날 수 있도록 만들어진 기계였다. 초기에 축음기에 대해 혐오의 반응이 있었다면, 그것은 그로부터 살아난 목소리가 죽음 이후에도 살아 있는 정령에 대한 미신 같은 억압된 비이성적 신념을 불러일으켰기 때문이다. 물론 축음기의 발명과 함께 등장한 음반 산업은 가장 이상적인 소리들, 즉 음악이나 노래를 중심으로 위계를 만들어 소리에 담긴 개성을 새로운 문화적 가치 체계로 유입하는 역할을 수행했다. 아름다운 노랫말과 목소리의 조합이 녹음과 재생이라는 통제된 시스템 안에서 소비될 수 있는 것으로 변신한 것이다.

그렇다면 소리의 자동 생산(또는 자동 재생)의 매체는 항상 억압되었을까? 세상에 나오면서 동시에 사라져 버리는 소리는 인간이 저항하고자 하는 시간의 무정함을 가장 잘 드러내는 것이 아닌가? 그렇다면 존재나 그 형상을 보존하고자 하는 욕망만큼이나 소리를 저장하고 싶은 욕망도 크지 않았을까?

1. 프리드리히 키틀러, 『기록시스템 1800·1900』, 윤원화 옮김(파주: 문학동네, 2015년), 431에서 재인용.

남수영

목소리에 대한 첫 번째 기록은 문자에 의한 것이다. 그리고 그들 사이의 간극은 커다란 의미를 지닌다. 인간 본연의 소통 기술로서 구술성과 문자를 통한 그로부터의 이탈을 인류 역사의 발전으로 읽어 낸 월터 J. 옹의 연구를 참고하면 문자에 의한 목소리의 기록은 단순히 매체 간 번역을 넘어 '지금-여기'라는 실재와 동시성의 개념을 뒤흔드는 경험의 패러다임의 변화 또는 세계관의 차이를 유발한다.[2] 옹은 문자와 쓰기를 말하기와 듣기의 문화로부터 명확하게 구분한 바 있는데, 그가 매체적으로 설명하는 문자 중심의 '시각의 세계'와 구술 문화의 '사건으로서의 세계'로부터의 분리는 기억과 기록 이전부터 존재했던 사건으로서의 실재계로부터 분리된 상징계의 출현을 지적하는 것 같다.[3]

영화는 소리 없는 몸짓의 기록으로 시작되어 대표적인 시각 매체로 자리 잡았지만, 곧바로 목소리를 얻었고 이제는 3D에서 4D까지, 말 그대로 새로이 창조된 공간 감각과 새로운 시간으로 벌어지는 사건을 매개하는 매체로 발전했다. 전통적인 영화 연구가 문학 연구와 유사하게 진행된 것은 그러한 영화의 기원 그리고 초기의 특징과 무관하지 않다. 영화와 문학은 모두 시각적으로 재구성된 텍스트라는 공통점을 가지기 때문이다. 책 너머 그 텍스트에 선행하여 존재하는 저자가 있는 것처럼, 영상 텍스트는 과거의 현실로부터 온 이미지들로 구성되어 이미 완료된 행위를 선형적으로 재구성한 구성물로 경험되었다. 영화가 시각 이미지를 넘어 소리를 얻고 또 다양한 확장된

2. 월터 J. 옹, 『구술 문화와 문자 문화』 참조.
3. 월터 J. 옹, 「시각으로서 세계와 사건으로서 세계」 참조.

경험으로 변화 발전해 온 만큼, 전통적인 해석적, 혹은 기호학적 접근을 넘어 영화라는 경험, 그 사건으로서의 시간에 집중하는 관점이 등장한 것은 당연하다. 이는 영화를 의미화를 위해 조직된 텍스트가 아니라 동시적 감각으로 소환된 본능적 문화 기술들의 작동에 집중하는 것이다. 영화의 기본 요소를 시각적인 정보로부터 해방시켜 소리나 몸짓과 같은 순수 수단에서 찾는 경향이나, 지나가 버린 세계의 일부를 뒤늦게 현재로 경험하는 부조리한 시간성으로 이해하는 것도 이러한 변화된 관점의 일부다. 이제 과거에 존재하는 저자를 찾아가는 것이 아니라, 지금-여기에서 뒤늦게 구현된 감각들에 집중해 보는 것이 필요할 것이다.

세 번째 생각: 소리의 재경험과 되돌아오는 진실

"나는 토머스 앨바 에디슨을 깊이 혐오합니다. 그는 세상 모든 발명 중에서도 가장 끔찍한 것을 우리에게 선사했기 때문입니다. 축음기를! 그렇지만 나는 에디슨을 사랑합니다. 그는 이 무미건조한 세계에 환상을 되돌려주는 것으로 자신의 모든 잘못을 벌충했기 때문입니다—영화관에서요!"[4] —에버스

시각 매체로서 영화에 대한 정신분석적 관점을 살펴보면, 영화 이미지를 상상계에 비유하는 것은 익숙하다. 대표적으로 키틀러는 위와 같은 에버스의 반응을 소개하며 영화(상)를 상상계(the imaginary)로 이해하였으며, 라캉 역시 세계의 이미지에 대한 시선과 욕망의 응시가 스크린이라는 가상의 평면 위에서

4. 키틀러, 『기록시스템 1800·1900』, 431에서 재인용.

상상의 이미지로 타협되고 있음을 보여 주었다. 에버스는 초기 무성 영화 「프라하의 학생」(Der Student von Prag)을 연출한 감독이기도 했는데, 위의 인용문은 상상적인 것으로서의 영화 이미지를 재현 불가능한 실재로서의 소리와 구분할 뿐 아니라, 더 나아가 이러한 상상적인 것이 결국 상징계의 질서에 복무한다는 것을 암시하고 있다.

사실 우리의 시각이 얼마만큼 실제의 감각과 거리를 두고 작동하고 있는지를 생각하면 영상을 상상적인 것으로 보는 시각이나 오래된 시각에 대한 불신에 대해 쉽게 이해할 수 있다. 예를 들어, 카메라가 설정하는 원근법적 구도의 조망점은 정확히 그 이상적인 자리에서 걸러지는 이미지를 보여 준다. 우리는 이러한 이미지가 투사되는 2차원의 평면, 즉 스크린에 비치는 이미지가 우리가 거기 있었다면 보았을 모습과 온전하게 일치할 거라 생각한다. 이는 우리가 스크린과 어떤 위치에 있는지 상관없이 우리가 거기 있을 거라 '생각하는' 그 모습을 인식하게 되는 근거가 된다. 바로 이 실제 우리의 위치와 '생각'의 지점 사이에서 틈새가 발생하는 것이다. 원근법으로 그려진 그림을 조금만 삐딱하게—즉 이상적 조망점을 비껴 서서—바라본다면 그 완벽했던 이미지들이 얼마나 뒤틀릴 수 있는지 생각해 보라. 놀라운 것은 이미 우리는 그렇게 뒤틀린 이미지들을 실제와 똑같은 이미지라 생각하며 (사실 아무 생각 없이) 지나치곤 한다는 것이다.

오늘날 한국의 멀티플렉스가 극장 안의 어느 좌석에나 똑같은 감각이 제공된다는 환상의 공동체를 포기하고 열에 따라 추가 요금을 받기로 한 것은 결과적으로 소탐대실이 아닐 수 없다. 관객은 스크린 너머 세계의 상상에 몰입하기보다 저마다 앉은 자리에서 어떻게 보이는지 실제의 시감각을 체크하곤 할 것이기 때문이다. 하지만 다른 한편으로는 오늘날과 같은 포스트시네마 시대, 스크린 아래를 가리는 앞자리 관객의 솟아 나온 머리나 부스럭대는 소음으로 영화 관람을 망쳤다는 이야기는 이미 노스탤지어의 일부가 되었는지 모른다. 꼭 극장의 스크린이 아니더라도 브라운관이나 모바일 기기를 통해 영화적 세계를 경험할 수 있다는 것은, 영화적 볼거리가 충실하게 시각적 자극으로만 소비되지 않는다는 것을 의미한다. 우리는 자연스럽게 영화라는 창에 포착된 기호들을 의미화하고, 그 존재의 부분들을 조합하여 온전하고 또 연속된 상으로 인식한다. 이것이 바로 우리가 보는 영화 이미지가 상상계를 대변한다고 할 수 있는 이유일 것이다. 물론 굳이 정신분석 용어인 '상상계'를 사용하지 않더라도 '우리는 아는 대로 보게 된다'는 속담이나 "영화는 우리 시선을 우리의 욕망과 좀 더 조화로운 세상으로 대체한다"는(『경멸』[Le Méris, 1963년]) 고다르의 표현으로 상상 또는 환상이 시각과 결합되는 이 현상은 쉽게 이해될 수 있다.

이에 반해 소리는 자동적으로 의미화가 되거나 자연스런 상상으로 커버되지 않는 특수한 감각이다. 우리가 어떤 텍스트를 눈으로 읽을 때는 단어 안의 모음이나 자음 등에 작은 오타나 음절의 순서가 바뀌는 등의 오류가 있어도 잘 알아채지 못하곤 한다. 읽기 과정에서 우리의 감각은 우리가 이미 알고 있는 의미에 따라 움직이면서, 그 의미의 흐름에 크게 영향을 주지 못하는 작은 오류들을 건너뛰고 지나가는 것이다. 하지만 텍스트를 낭독한다면 달라진다. 특히 내 '눈'으로 읽지 않고 다른 사람이 소리 내어 읽는 것을 내가 '듣고' 있다면, 우리는 좀 더 쉽게 텍스트의 의미와 관계없는 소리의 특징들에 주목하게 된다. 글로 적힌 텍스트에서는 두드러지지 않는 억양이나, 외국인들에게 특별히 나타나는 발음의 특성들(예를 들면 동양인이 잘 구사하기 힘든 R과 L의 차이 등)처럼 분명하게 '감각'의 영역에 속하는 특성들이 두드러진다. 배우들의 개성 있는 목소리는 표정과 같은 시각적 표현보다 더욱 진실된 것으로 느껴지기 때문에 목소리는 연기력의 직접적인 바로미터로 여겨지기도 한다.

목소리는 그 시각적 주인을 넘어서 가장 강력한 진실을 가리키곤 한다. 모든 것이 지금-여기에서 현재적으로 벌어지는 드라마에서도, 결정적인 진실이 드러날 때는 더 이상 존재하지 않는 과거가 소환된다. 이때 진실은 뮤즈의 목소리들을 통해 전달되곤 한다. 크리스티안 페촐트 감독의 2014년 영화 「피닉스」(Phoenix)에서도 목소리가 진실을 외면하던 모두에게 비극적인 깨달음을 되돌려 주는 역할을 한다. 수용소에서 겨우 살아 돌아온 넬리는 심한 상처 때문에 성형 수술을 받아야 했고, 원래 얼굴을 완전히 잃어버렸다. 하지만 그녀는 남편 조니를 잊지 못해 그를 찾아가는데, 그는 넬리를 알아보지 못하고 그녀를 유혹한다. 뿐만 아니라 그는 죽은 넬리 몫의 유산을 얻기 위해 넬리의 가족에게 마치 그녀가 살아 있는 것처럼 속일 거라며, 그녀에게 부인인 척을 해 달라는 것이다. 그녀는 혹시나 조니가 자신을 잊지 않고 기다리고 있었으며, 자신을 알아보지 않을까 기대하며 그의 곁에 머물지만, 결국은 조니가 자신을 나치에게 넘긴 장본인이라는 냉혹한 진실까지 마주하게 된다. 넬리는 결국 '넬리'의 역할을 맡기로 하고, 조니와 함께 가족들 앞에 선다. 이 마지막 장면에서 그녀는 조니의 반주에 맞추어 노래를 부르는데, 그녀의 노랫소리를 들으며 조니는 그녀가 바로 넬리임을 깨닫는다. 넬리의 몸에 각인된 고통의 기억을 카메라는 클로즈업으로 보여 준다. 덤덤한 넬리의 목소리와 갑작스럽게 드러나는 진실 앞에 당황하는 조니의 얼굴이, 대조적이지만 묘하게 어우러진다.

(이 영화의 결말을 나는 매우 좋아하기에 어디선가 이미 이야기한 적이 있다.[5])

영화 내내 한 번도 변하지 않았지만 존재감 없던 목소리가 갑자기 커지고 모든 것을 삼켜 버리는 순간이다. 배고픈 사냥꾼이 꾀꼬리를 잡은 이야기가 떠오른다. 그는 허기를 채우기 위해 꾀꼬리를 구웠는데, 구이가 되어 버린 새의 앙상함에 실망한다. '아 꾀꼬리야, 넌 정말 목소리 빼면 아무것도 없었구나!' 기호가 아닌 부분 대상(partial object)으로서의 목소리에 대한 독보적인 연구인 믈라덴 돌라르의 책 제목이 "목소리, 그것밖엔 없다"(A Voice and Nothing More)가 된 배경이다. (돌라르는 사실 나이팅게일이라는 새로 이 에피소드를 전하고 있다.) 그것 빼면 아무것도 없다는 것은, 결국 그것이 전부라는 뜻인데, 사실 전부라고 하기에 '목소리'는 실망스럽기 그지없다. 목소리는 어떤 실체를 가질 수 없는 것이기 때문이다. 이것이 바

5. 남수영, 「유쾌한 불화를 노래하다」, 『보이스리스: 일곱 바다를 비추는 별』(서울: 서울시립미술관, 2018년).

남수영

로 목소리가 부분 대상이 되는 이유이기도 하다. 욕망의 대상은 결국 부분 대상인데, 우리는 그것을 전부라 생각한다. 전부라 여겼던 그것이 사실 오해에서 비롯된 것이라면 결국 우리 욕망은 아무것도 아닌 것에 기인한 것과 같다. 그러나 그 아무것도 아닌 것, 예를 들면 '부재하는 목소리'는, 우리가 추구하면서 결국은 실패할 '전부', 한 번도 가지지 못한 온전한 것으로서의 기원이 된다. 「피넉스」의 넬리는 한 번도 진실인 적이 없었던 과거를 그리워했다. 그래서 찾아 온 그곳에서 그녀는 결국 그 그리움의 대상을 마주하게 되는데 그것은 바로 공백으로서의 진실이다.

네 번째 생각: 소리 기록에 대한 상상

무엇인가를 보존하고 싶은데 그것의 실체가 생성과 동시에 사라지는, 포착할 수 없는 것이라면 어떻게 할까? 우리는 이미 축음기를 언급했지만 소리가 매체를 통해 보존되고 옮겨지는 것에 대한 시도, 또는 그러한 상상은 훨씬 더 이전으로 거슬러 올라간다. 볼프강 폰 켐펠렌이란 자가 '체스 두는 기계'와 함께 만든 '말하는 기계'는 말하는 것의 기원(화자, 주체) 없이도 목소리가 나올 수 있도록 하는 장치였는데 이들이 기록된 것은 대략 18세기 말인 1791년이다. 돌라르는 위의 책에서 이 기계들을 소개하며, 사실 사기에 지나지 않았던 체스 기계와 달리 말하는 기계는 어느 정도 성공했다고 평가하고 있다. 이 기계가 완벽한 성공이 아닌 것은, 이 기계에서 나오는 소리는 사실 아무 의미를 가지지 않았기 때문에 정말 '말한다'고 하기 어려웠기 때문일 것이다. 하지만 다른 한편으로 이 기계의 소리가 우리의 말과 비슷한 점은, 실제로 말들이 교차되는 사이에서 의미라는 것은 결코 어디에도 명확히 머물 수 없다는 데 있다. 구술로서의 말에서 확실한 것은 '목소리, 그것밖에 없다.' 이 기계는 사람의 말을 닮은 소리를 낼 수 있었지만, 실제 의미는 없거나 모호했고, 이는 정확하게 실체로서의 기원, 주인을 가질 수 없는 목소리의 위상을 재현하고 있다.

이 말하는 기계 이후에도, 축음기가 발명되기 전까지 다양한 소리 기계들은 상상되었고 시도되었다. 켐펠렌의 말하는 기계와 유사하게 인간의 발성 기관의 원리를 그대로 모방한 요제프 파버의 기계는 유포니아(Euphonia)라고 불렸는데(1846년), '듣기 좋은 소리'라는 그 이름의 뜻처럼 이 기계는 그것(기계성)을 감추는 여성 인형을 앞에 세워 둔 모습이었다. 파버의 장치는 그것이 목소리가 실제로 만들어지는 원리를 기계로 구현하면서도, 목소리가 증명하는 존재로서의 얼굴(주체)을 동시에 제시하려 했다는 점에서 매우 흥미롭다. 소리와 이미지가 서로를 필요로 했고 또 하나의 장치로 구현된다는 것은, 그 둘이 구분 불가능하게 서로 일치해야 한다는 것을 의미하지는 않을 것이다. 사유의 주체가 스스로 말할 수 없을 때, 말하기를 가능하게 하는 장치를 갖추려 하는 것은 감출 필요가 없다. 우리는 스티븐 호킹 박사의 기계적 목소리를 진짜가 아니라며 외면하지 않는다. 목소리는 주체라는 어떤 모습과 일치될 수도 없고 일치될 필요도 없다. 그들은 그저 공존한다. 보이는 것과 들리는 것을 일치시켜야 한다고 믿은 것은 어쩌면 영화적 장치의 발달 과정에서 나타난 하나의 현상일 수 있다.

(나는 굳이 토마의 목소리로 말하려고 하지 않겠다.)

오늘날 교차되는 시각과 청각은 말하는 보조 장치(text-to-speech)나 반대로 손대지 않고 글 쓰는(speech-to-text) 장치로 일상화되었다. 동기화(동시화)되지 않은 감각들은 공존하며 오늘날의 다양한 멀티미디어 경험에 편리함을 더해 주고 있다. 만약 우리가 영화에서 소리와 텍스트가 동기화되어야 한다고 믿었다면, 그것은 영화가 아직 완성되지 않은 매체로서 새로운 기능의 효용을 확실히 증명해야 하기 때문이 아니었을까? 그 기능을 증명하는 가장 쉬운 방법은 그것을 보여 주는 것이다. 시각 매체였던 영화가 소리를 입어 가던 시절, 영화는 동기화 기술을 재현의 대상으로 삼곤 했다.

다섯 번째 생각: 음악을 전경화하기

카메라를 매개로 하는 영화 속 세상은 항상 현실 세계로 뻗어 있다. 두 손의 엄지와 검지를 교차시켜 만들 수 있는 작은 직사각형은 이 세계가 영상에 담긴다면 어떤 그림이 될까를 알려주는 미리보기의 창이다. 뷰파인더를 손으로 모방해 보는 것은 모종의 시각을 세팅하는 한 방법, 수많은 사물들, 존재들 중 어떤 것을 중심에 둘지 따져 보는 방법이다. 거리가 분명한 사물들의 위치는 무엇을 중심에 두느냐에 따라 전경과 후경으로 구분될 수 있고, 우리는 그렇게 시지각의 우선 순위를 조종할 수 있다. 보통 강조하고 싶은 것은 가장 보기 좋은 곳에 가장 큼직하게 놓아둔다. 가까이 있는 것이 크게 보이니까 보기 좋게 가까이 놓인 것에 우리의 시각은 자연스레 가 닿고, 이를 우리는 전경화(foreground)라 칭한다.

전경화된 시각물은 그 후면에 있는 것을 차단하기 때문에

(적어도 그 부분에서는) 말 그대로 시각을 독점한다. 시각은 독점적이지만 그래서 차단도 용이하다. 앞만 보이게 만들어진 경주마에 씌워진, 측면을 보지 못하게 하는 차안대를 떠올려 보라. 그러나 청감각을 전경화하는 것이 가능할까? 영화에서는 마이크를 시선(카메라)의 위치에 놓지 않고 장면 한가운데 세팅해서 전경화된 이미지의 소리가 내 옆에서 들리는 것처럼 강조하는 방법이 있다. 그러나 이 경우에 전경화된 소리는 다른 소리보다 가깝고 크게 들리는 것이지 독점적으로 들린다고 말하기는 어렵다. 소리는 완전히 독점하는 것도 어렵고 그만큼 또한 완벽히 차단하기도 쉽지 않다. 물론 기계음을 뮤트하는 것은 가능하겠지만, 우리가 실재하는 세계의 자연적 소음은 그럴 수 없다. 아무리 환경을 정숙하게 유지하고 주인공이 되는 소리만을 제시한다고 해도, 바람 소리, 숨소리, 매미 소리, 걸음 소리 등 소음은 보이는 곳 너머의 존재들을 항상 불러온다.

영화에서 소리가 영상과 처음 어우러지기 시작했을 때 영화는 그 소리 역시 '보여 주고자' 했다. 영화사에서 영화 기계(시네마토그래프)와 축음기가 합쳐지면서 발성 영화가 탄생한 것은 1927년 「재즈 싱어」(The Jazz Singer)의 등장으로 기록되지만, 발성 영화의 탄생과 직결되는 이미지트랙과 사운드트랙을 동기화하는 기술이 상용화되기 전에도 음악을 시각화한 소위 '멀티미디어'의 실험은 낯설지 않았다. 아방가르드 예술이 심취했던—대부분 애니메이션 작업으로 추상적 이미지가 표현하는 리듬을 구현하던—시각적 음악들은 실제로 '청감각'을 목표하는 것이 아니었으므로 열외로 하자. 하지만 실사 영화에서 배우의 목소리를 이미지와 동기화하기 전에, 이미 1920년

남수영

대 초부터 등장한 음악에 맞춘 동작들을 애니메이션으로 그려 낸 사례들은 다시 살펴볼 필요가 있다. 예를 들어 플라이셔 스튜디오에서는 스크린 송(Screen Songs)이라는 음악 애니메이션 연작을 만들었는데, 1931년에 나온 「가장 높은 산을 오르리」(I'd Climb the Highest Mountain)는 음의 높낮이를 산봉우리의 높이로 표현하기도 하였고, 통통 튀는 공이 박자에 맞게 가사의 음절 위를 찍어 주는 바운싱 볼(bouncing ball)은 청각적 요소를 시각화하는 대표적인 표현 기법이었다.

이런 방식으로 소리를 '보여 주는' 것은 '노래'하는 영상의 경우만이 아니다. 텍스트 자막이 없더라도, 음악에 어울리는 영상을 보여 주고, 그 박자나 흐름에 따라 영상이 변화하는 식으로 소리를 전경화한 사례는 수없이 많다. 앞서 말한 대로 영화는 카메라가 포착할 수 있는 프레임 안에 대상을 가둠으로써 주인공을 만드는 예술이다. 그래서 영화는 기존의 모든 다른 예술들을 그 시선의 주인으로 초대하는 것이 가능했다. 카메라의 주인이 되어 관람자의 시선을 이끄는 방식은 초대된 예술 분야마다 다양한데, 무용이나 건축물, 미술 작품 등은 시선을 구심적으로 작동시키며 전경화되는 반면, 연극이나 문학은 디제시스라는 가상의 공간으로 확장되며 카메라의 시선을 뻗어 나가게 하였다. 청각 예술은 양쪽으로 모두 활용 가능하다. 말과 음성이 시각적인 존재에 깊이를 부여하며 디제시스를 강화시키는 효과를 가지는 반면, 음악은 마치 미술이나 무용처럼 전경화가 가능했다. 방금 소개한 플라이셔 스튜디오의 '스크린 송'이나 '노래하는 카툰들'(Song Car-Tunes)뿐 아니라, 디즈니의 「환타지아」(Fantasia)나 그와 비슷한 뮤지컬 애니메이션들은 단순히 분위기를 보조하는 배경으로서가 아니라 시각적 구성을 리드하는 중심으로 소리(음악)를 보여 주었다.

앞서 소개한 소리의 저장과 재생 장치의 사례는 말(words) 과 음성(voice) 사이의 느슨한 연결을 지시하였지만, 이러한 음악 애니메이션은 음악(music)의 구성 요소로 음(notes)의 체계를 제시하고 음들의 차이를 시각화하는 데 몰두했다는 점에서 명확한 연결을 추구한다. 여기서 음악의 특성은 다시 한번 두드러진다. 예를 들면 목소리가 주인공이 되는 성악과, 어떤 절대음을 만들어 내는 기준으로서의 노트(음)의 역할은 분명히 다른 것이다. 그들이 적재적소에서 어떻게 작동하는지를 보여 주는 대표적인 사례가 노래하는 애니메이션들이었던 것이다. 음 높이 자체를 지시하는 음표의 노트는 일종의 기호로서 그것을 읽을 줄 아는 사람에게만 어떤 음을 지시할 것이다. 하지만 애니메이션의 움직임과 함께 제시된 음들은, 음의 시간상 위치, 순서를 선형적으로 시각화했던 것이다. 시간의 흐름 속에서 정확한 리듬으로 있어야 할 곳에서 스스로를 드러내는 음악은, 또 다른 시간 예술로서의 영화에 대한 초기 아방가르디스트들의 관심을 확장시킨 장이 되었다.

마지막 단상: 약한 연결과 후렴의 정치

나는 토마의 존재와 그 존재를 경험하게 할 목소리를 상상하며, 어떻게 그가 조율할 소리와 텍스트가 각자의 명확한 위치로서의 절대음이 되는지, 그리고 당장은 부재하지만 그 음들이 불려오게 될 텍스트가 어떻게 공존할 수 있는지 상상해 보았다. 그렇게 이 상상 속에서 소리들의 존재는 음악으로 모아졌다.

남수영

아직은 세련되게 시각화되지 않고, 이제는 사라진 듯한 과장된 소리와 음악의 전경화는, 너무나 발전된 오늘날의 매체 기술들 아래서는 오히려 부조화를 낳을 것이다. 그러나 이 교차 감각의 음악 속에 나의 텍스트는 실험될 것이다. 그 안에서 나의 텍스트가 음악의 일부가 될 수 있다면, 그것은 이 텍스트가 아직은 비어 있는 어떤 자리를 인식하고 그 자리를 채울 수 있는 감각을 초대하는, 절대음으로서의 노트(음)가 되고자 하기 때문이다.

빈자리는 누군가, 무언가를 초대한다. 화성은 자연스레 다음에 올 음을 불러낸다. 아직 등장하지 않은 토마는 나를 초대하도록 만들었지만, 나는 아직 나의 자리를 알 수 없어, 들어가는 글과 나오는 글이라는 괄호를 상징하는 형태로만 당당하게 말할 수 있었다. 본문에서도 겨우 괄호 안에서만!

세이렌은 어떻게 뱃사람들을 초대하였을까? 아직 존재하지 않는 빈자리로서, 공백을 참을 수 없는 인간들을 전부로 만들도록 유도한 것일까? 청감각은 아무것도 없기 때문에 오히려 귀를 기울이게 되는 시원적 감각이다. 바로 그런 이유로 청각으로 유혹하는 것은 그 존재가 명확하지 않기 때문에 현혹으로 간주되기도 한다. 전해 내려오는 이야기가 세이렌에게 우호적이지 않은 이유일 것이다. 얼굴은 아리따운 사람이지만 몸은 물고기인 세이렌은 근대적 주체가 피해야 할 동물성, 비순수성, 미신을 지시한다. 기억의 신 므네모시네의 딸들인 뮤즈들이 감각적 경험을 초월한 상태에서 진리를 노래하는 자들로 알려진 것과는 정반대다. 우리는 없는 것이 있는 것으로, 부분이 전체로, 동물이 사람으로 작동하는 것을 받아들이지 않으려 한다. 이질적인 것들, 함께할 수 없는 것이 함께하는 것, 이것은 정체성에 대한, 진실에 대한 우리의 신념을 흔들리게 하기 때문에 우리를 불안하게 하는 것이다. 하지만 아직 오지 않은 것을 듣는 것, 무엇인지 모르는 것을 들으려 하는 것, 이 원초적 감각만큼 매혹적인 것이 어디 있겠는가!

　존재하지 않는 것들로부터 유혹당하지 않기 위해 우리는 눈을 감거나 귀를 막지만, 도대체 막아야 할 것의 정체 자체를 모른다면, 그 미지의 것을 완전히 막는 것은 불가능할 것이다. 예전의 뱃사공들이 세이렌의 유혹을 피하기 위해, 귀를 막지 않고 눈을 막았다는 사실은 의미심장하다. 이것은 불분명하게 그리고 나약하게나마 토마에게 침투하려는 누군가가 취해야 할 전략이기도 하기 때문이다. 나는 완전히 차단할 수 없는, 단지 지연시킬 수 있을 뿐인 목소리, 어떤 속삭임으로, 억압할 수 없는 흥얼거림으로 계속 돌아올 것이다. 주제(motif)는 아니지만 후렴으로 되돌아오는 진실, 그 흥얼거림 속에서 우리가 발견하는 것은 무엇일까? 그것은 어떤 내용이 아니라, 우리가, 내가, 그리고 토마가 아주 절실하게 말하고자 한다는 사실일 것이다. 우리 모두는 무엇인가 말하고자 하며, 우리는 그것을 듣기 위해 외친다.

　우리는 끊임없이 어떤 지배적인 소리, 독점하는 이미지를 거부하기 위해 귀를 막거나 눈을 비벼야 한다. 그러면 침묵의 외침이 등장한다. 침묵의 외침은 실재하지 않고 선언하는 외침으로, 이제까지 지배적이었던 어떤 소리들을 뮤트하기 위한 불가능한 외침이다. 이 외침은 지금-여기로 경험되었던 소리를 기록함으로써 지연시키고, 모순적인 현재성(모더니티)의 매체들과 결합함으로써 새로운 음악이 될 수 있을 것이다. 음악이 소음을 덮는 것처럼, 어떤 외침은 논리적인 말을 불가능하게 한다. 그러나 이러한 소리들은 결코 서로 배타적이지 않고, 새로운 감각을 이끌어 냄으로써 우리를 자유롭게 할 것이다. 태고에 가장 추상적인 형태로 존재했던 음악처럼, 아직 존재하지 않는 소리를 지시하는 절대음처럼, 공백은 무한대로 뻗어간다.

(그 공백 속에서 나는 초대받은 자가 아니라 초대하는 자였다.)

참고 문헌 및 작품

돌라르, 믈라덴(Mladen Dolar). 『목소리, 그것밖엔 없다』(A Voice and Nothing More). 매사추세츠주 케임브리지: MIT 출판부, 2006년.

라캉, 자크. 『세미나 11: 정신분석학의 네 가지 근본개념』. 맹정현, 이수련 옮김. 서울: 새물결, 2008년.

래스트라, 제임스(James Lastra). 『소리 기술과 미국 영화』(Sound Technology and the American Cinema). 뉴욕: 컬럼비아 대학교 출판부, 2000년.

벤야민, 발터. 「기술복제시대의 예술작품(제2판)」. 『기술복제시대의 예술작품, 사진의 작은 역사 외』. 최성만 옮김. 서울: 길, 2008년.

옹, 월터 J. (Walter J. Ong) 『구술 문화와 문자 문화』(Orality and Literacy: The Technologizing of the Word). 런던: 머슈언(Methuen), 1982년.

──. 「시각으로서 세계와 사건으로서 세계」(World as View and World as Event). 『아메리칸 앤스로폴로지스트』(American Anthropologist) 71권 4호(1969년).

월터 디즈니 제작. 「환타지아」. 1940년.

키틀러, 프리드리히. 『기록시스템 1800·1900』. 윤원화 옮김. 파주: 문학동네, 2015년.

페촐트, 크리스티안(Christian Petzold) 감독. 「피닉스」(Phoenix). 2014년.

플라이셔 형제(Fleischer Brothers), '노래하는 카툰들'(Song Car-Tunes) 연작. 1924~27년.

다음의 글은 느긋하고 평화로운 해변의 풍경을 묘사하지만, 그 이면엔 전 세계가 공유하고 있는 아주 긴급하고도 중대한 문제가 있다.

해변을 상상해 보세요―그 안에 있거나, 혹은 위에서 그걸 내려다보거나―타오르는 태양, 자외선 차단제, 밝은 수영복, 땀에 젖은 손바닥과 다리들. 지친 팔다리는 뒤섞인 수건 위에 아무렇게나 널브러져 있습니다. 가끔 들려오는 아이들의 비명 소리와 웃음소리, 멀리서 들려오는 아이스크림 트럭 소리도 상상해 보세요. 파도 위의 음악적인 리듬, 마음을 누그러뜨리는 소리, 비닐봉지가 공중에서 빙빙 도는 소리, 해수면 아래에서 해파리처럼 조용히 떠도는 비닐봉지들. 화산 혹은 비행기 혹은 고속 모터보트의 우르릉거리는 소리. 그리고 합창곡들: 일상적인 노래, 걱정과 지루함의 노래, 거의 아무것도 아닌 것의 노래. 그리고 그 아래엔 진이 다 빠져 버린 지구의 느린 삐걱거림과 거친 숨소리.[1]

---

1. 큐레이터 루시아 피에트로이우스티(Lucia Pietroiusti)가 쓴 「태양과 바다(마리나)」 소개글, https://sunandsea.lt/en.

「태양과 바다(마리나)」(Sun and Sea [Marina])는[2] 성악가들이 인공 해변에 누워 가만히 있거나 움직이거나 노래하는 장면을 보여 주는 오페라-퍼포먼스였다. 전시 형식처럼 관람 시간 동안 자유롭게 관객이 드나들며 볼 수 있던 이 공연에서 성악가들은 돌아가며 쉼 없이 노래했고, 관객들은 시작과 끝이 어디인지 모르는 오페라의 한복판을 목격한 채 다시 공간을 빠져나갔다. 살아 있는 활동사진 같은 장면에서 계속해서 음악이 흘러나오는 스펙터클을 구현한 일은 그것만으로도 꽤 흥미진진하고 대단해 보인다.

위의 소개글과 그간의 비평을 보면, 이들의 진짜 목적은 이 노래를 통해 "지구의 거친 숨소리"를 듣게 하는 일인 것 같다. 무더위는 극심해지고, 바다에는 쓰레기 섬이 떠돌고 북극에는 줄벼락이 내리는 지금, 기후 위기라는 문제엔 중요한 당위가 부여되어 있다. 여기엔 한 치의 의심의 여지도 없다. 그리고 '오페라'라는 형식을 빌려 휴양지의 풍경과 그 안의 미세한 균열을 보여 준 「태양과 바다(마리나)」는 이 문제적 상황을 우화적으로 표현했다는 평을 받았다.[3]

하지만 이렇게 이야기가 끝나도 괜찮은 걸까? 이런 세계적인 문제는 블랙홀처럼 그 주변의 모든 것들을 흡수한다. 갈수록 시급해지는 세계 공동의 의제인 만큼 이 작업이 선택한 주

2. 2019년 베니스 비엔날레 리투아니아관에서 선보인 오페라-퍼포먼스다. 작곡가 리나 라플리테(Lina Lapelytė)가 음악을, 극작가 바이바 그레이니테(Vaiva Grainytė)가 리브레토를, 루자일 바치우케이트(Rugilė Barzdžiukaitė)가 연출과 세트 디자인을 맡았다. 「태양과 바다」의 공식 웹사이트에서는 이를 오페라-퍼포먼스(opera-performance)라 부른다.

3. 에리카 발솜은 「태양과 바다(마리나)」에 관한 글 말미에 이것이 실은 오페라가 아니라 레퀴엠일지도 모른다는 이야기를 남겼다. https://www.artforum.com/print/201907/venice-2019-80531.

제 자체는 갑론을박의 여지를 남기지 않는다. 주제이자 결론인 어떤 것에 무사히 도착하기만 한다면 모든 경험의 목적이 완수되는 것도 같지만... 잠시나마 그 힘에 저항하며 이들이 선택한 '오페라-퍼포먼스'라는 형식과 '음악'이라는 재료에 대해 생각해 볼 필요가 있을지도 모른다. 이 작품을 보게 만들고, 더 오래 보게 만들고, 흥미롭게 만드는 요인 중 하나는 음악의 쓰임새이기 때문이다. 그래서 나는 이런 것들이 궁금하다.

「태양과 바다(마리나)」에서 음악은 어떻게 사용되는지,
「태양과 바다(마리나)」는 왜 오페라가 아니라 오페라-퍼포먼스인지,
「태양과 바다(마리나)」의 음악은 작업에서 다른 요소와 어떤 관계를 맺는지.

그리고 이런 물음이 비단 이 사례에만 국한되는 것은 아니다. 여러 매체가 결합되어 있거나 서로 다른 장르의 아티스트들이 함께 만든 작업에서는 좋은 힘의 균형이 이루어지거나, 힘의 불균형이 암묵적으로 용인되거나, 혹은 힘의 불균형이 존재하지만 그렇지 않은 체한다. 그리고 그런 상태는 작업의 재료라고 여겨지는 것, 창작자들이 그 재료를 바라보는 관점, 그 관점을 표현하는 방식, 형식을 명명하는 일, 작업을 언어화하는 과정에서 무엇을 추출하고 강조하는지를 살펴봄으로써 추적할 수 있다.

추측건대 이 음악에는 몇 가지 목표가 있었던 것 같다. 하나는 음악이 「태양과 바다(마리나)」의 풍경에 녹아드는 것이다. 창작자들은 음악의 존재감이 강하게 드러나는 오페라라는 형식을 가져오면서도 음악이 다른 재료를 뒤덮지 않도록 여러 변수를 조정한 듯했다. 전형적인 오페라에서 사용되는 대편성 오케스트라나 성악가의 기량을 최대치로 선보이는 아리아 같은 것은 없다. 노래의 호흡은 짧고, 아무도 열창하지 않으며, 독창과 함께 단출한 신시사이저 단선율이 연주되거나 드물게 이중창이나 합창이 들려오는 정도다. 이 음악들은 언제 어디서 어떻게 등장해도 부담스럽지 않고, 언제 어디서 어떻게 사라져도 어색하지 않다. 유심히 살펴보지 않으면 누가 노래를 부르는지도 바로 알기 어렵다.

다른 하나는 편안한 마음으로 들을 수 있게 하는 것이다. 우리를 긴장시키고 고민하게 만드는 낯선 소리 재료는 여기서 거의 등장하지 않는다. 작곡가 리나 라플리테는 시종일관 단순한 리듬을 쓰고 이를 자주 반복해서 빠르게 패턴을 인지할 수 있게 한다. 오늘날 대중문화에서 널리 통용되는 서유럽 전통 안에서 형성된 장·단조 체계를 사용하며, 곡 안에서 쓰이는 화음도 간단한 정수비로 이루어진 것들이 대부분이다.[4] 이 음악은 비교적 많은 이들에게 익숙하고, 복잡하지 않은 재료들로 구성되어 있다.

---

4. 피타고라스는 두 음의 진동수 비율이 1:2나 2:3처럼 작은 정수들의 비를 가질 경우 협화음으로 들리고, 이 정수비가 복잡해질수록 불협화음으로 들린다고 믿었다. 이 믿음은 지금까지도 일부 통용된다.

또 다른 하나는 가사를 듣게 하는 것이다. 음악은 이 오페라-퍼포먼스가 겨냥하는 '메시지'를 실어 나르는 가장 편리한 도구다. 지나치게 빠르거나 짜임새가 복잡하지 않고, 반복되는 리듬은 특정 단어를 반복·강조하기에도 좋다. 쉽게 읽히는 패턴은 어느 순간부터 새로운 정보 값으로 인지되지 않을 테니 언어에 집중하려 하는 사람들에게도 큰 방해가 되지 않는다. 이 음악의 구조는 투명할 정도로 간단해서 가사 속 단어와 이야기를 파악하기 쉬운 편이다.

음악은 돋보이지 않고 느긋한 풍경에 녹아든다. 낯설거나 특별히 듣기 어려운 어법도 구사하지 않는다. 때에 따라서는 가사를 듣기에도 용이하다. 작업 과정에서 함께 설정한 공동의 목적이 무엇이었는지는 모르겠지만, 성악가가 20여 명이나 등장해 쉼 없이 노래하는 이 오페라-퍼포먼스에서 음악은 계속해서 자신을 스쳐 지나갈 수 있게 한다. 혹은 중요한 역할을 하지만 최선을 다해 드러나지 않으려 애쓰는 것 같다. 그래도 절반은 오페라인데, 음악은 왜 이렇게 뒤로 물러서 있는 걸까?

이쯤에서 우리는 잠시 생각을 환기할 겸, 음악을 이루는 구성 요소들의 대결과 화합에 대한 오래된 이야기들을 짧게 살펴보겠다.

주인과 하인

줄리오 체사레 몬테베르디는 제2작법에 대하여 말하면서 차를리노가 체계화한 제1작법에서는 음악이 스스로의 규칙을 따르는 한편 제2작법에서는 음악이 가사를 따른다고 말하고 있다. ...

말의 주인이었던 하모니는 이제 말의 하인이 되며 말이
하모니의 주인이 된다고 말입니다. 이것이 바로 제2작법
혹은 현대적인 작법이 흘러가는 사고방식인 것입니다.[5]

이들은 이론과 작법의 영역에서 말과 음악의 주종 관계를 따진
다. 몬테베르디라는 인물은 이제껏 음악이 스스로의 규칙에 따
르던 옛 음악(제1작법)에서 벗어나 가사가 음악의 주인이 된다
고 한다(제2작법). 때로 음악 경험에서 이 둘은 분리될 수 없지
만 어떤 논리에 의해 음악을 구성할지 고민하는 창작자에게는
꽤 중대한 문제였을 것이다. 이것은 가사 있는 음악, 즉 노래의
본질과도 연결되는 문제다. 이런 물음들이 이어질 수 있겠다.
노래는 음악적으로 말하기 위해 만들어진 것인가? 그저 노래
되기 위해 만들어진 것인가? 노래의 수단과 목적은 무엇인가?
노래에서 더 중요한 것은 무엇인가?

원소들의 집합

한편 음악과 가사의 관계를 주종 관계로 본 것이 아니라 이 모
든 것이 총체적으로 중요하다는 입장을 견지한 이도 있었다.
바그너는 자신의 오페라를 음악극이라 부르면서 그 속성을 '총
체 예술 작품'이라는 말로 부연했다. 그는 작곡가였지만 그의
음악극에서 음악은 (음악 자체가 아니라) 극적 표현을 위해 존
재한다. 이야기에 등장하는 사물이나 등장인물을 음악 안에서
도 특정 모티프로 정립시켜 놓고, 극과 음악을 거의 동기화하

---

5. 도널드 J. 그라우트 외, 「원전 읽기: 말의 하인으로서의 음악」, 『그라우트의 서양음악
사』 상권, 민은기 외 옮김(서울: 이앤비 플러스, 2007년), 327.

신예슬

는 식이다. 예컨대 사랑의 묘약이 무대에 등장하거나 가사에 언급되면 음악으로도 사랑의 묘약 모티프가 연주되는 것이다. 바그너의 경우, 적어도 가사와 음악이 같은 흐름을 공유하고 둘 사이에 분명한 교집합이 있다는 것만큼은 확실하다.

그가 바란 것은 어느 하나가 압도적인 힘을 발휘하는 것이 아니라 여러 요소가 하나의 집합체를 이루어 본연의 극을 만드는 것이었다. 바그너가 생각하던 그 집합의 원소는 다음과 같았다: 음악, 시, 춤, 회화, 건축, 무대 장치, 의상, 조명을 비롯한 제반 효과들. 물론 이들 사이에서 위계가 발생하지 않으리라는 보장은 없다. 이 원소가 되지 못한 것도 있을 것이다. 실제로 이것이 총체적이냐, 어느 하나가 돋보이는 것이 아니라 정말 '집합'으로서 존재하는지에 대해서는 더없이 다양한 의견들이 있겠다. 하지만 여기서는 그가 그런 상태를 지향했고, 그런 지향점을 분명한 언어로 밝힘으로써 어떤 가치를 선취했는지를 인식하는 것이 조금 더 유용할지도 모르겠다.

관계없음

또 오페라라는 형식을 취하지만 가사에 뚜렷한 의미가 없는 경우도 있었다. 필립 글래스의 오페라 「해변의 아인슈타인」(Einstein on the Beach)이 그런 예다.

1976년 메트로폴리탄 오페라 하우스에서 초연된, 연주 시간이 4시간 반에 달하는 단막 오페라 「해변의 아인슈타인」은 시나리오를 쓴 아방가르드 감독 로버트 윌슨과의 공동 작품이다. 이 오페라에는 뚜렷한 이야기가 없고, 가사라고는 솔페즈 음절뿐이며, 무대 동작은 거의 무의미한 것들이다. 음악은 주로 반복되는 음형들로 구성되는데, 이들은 대부분 3화음의 분산화음 형태이며, 전자 키보드 악기, 목관 악기, 솔로 바이올린으로 이루어진 오케스트라에 의해 연주된다.[6]

위의 설명처럼 「해변의 아인슈타인」의 모든 순간에 계명창만을 부르는 것은 아니다. 이 오페라 전체에서 음악이 정확히 어떤 역할을 하고 있는지, 어느 정도로 중요한지 파악하는 일도 그다지 손쉬워 보이지는 않는다. 하지만 적어도 가사와 음악의 관계라는 제한적인 범위 안에서, 그 가사가 의미의 차원에서 음악을 끌고 가는 것 같진 않다. 어쩌면 여기서 가사는 음색이나 음향적 효과를 위한 발성의 지지체라고 볼 수도 있을 것 같다. 여기서 가사와 음악은 관계가 없거나 혹은 가사가 음악에 귀속된 형태이지 않을까 조심스레 추측해 본다.

'오페라-퍼포먼스'

옛 사례들과 달리 「태양과 바다(마리나)」에서 음악과 가사가 맺는 관계는 상당히 불분명해 보인다. (음악⊂가사, 음악∩가사, 음악⊃가사도 아닌 듯하다.) 이 둘은 일치되거나 주종 관계에 묶이지 않고 독립적으로 움직이지만 동시에 노래된다.

어쩌면 이런 상태가 이 오페라-퍼포먼스를 관통하는 가장 본질적이면서도 흥미로운 부분일지도 모른다. 음악과 해변의 풍경은 평화롭기 그지없다. 창작자들은 그 무탈해 보이는 한가

---

6. 그라우트 외, 『그라우트의 서양음악사』 하권, 408.

로운 장면이 오늘날 세계를 거대한 위험에 빠뜨린 원인일 수 있다고 의심한다. 이들은 표면의 감각과 저의를 분리해 놓고, 그 평화로운 표면이 흘러가게 내버려 두는 와중에, 그들이 고민해 온 의미를 흘끗 바라볼 수 있게 한다. 그 저의는 마치 해변에 너무나 자연스럽게 놓여 있는 일상적인 쓰레기처럼, 가사에서 잊을 만하면 나타나는 익숙한 불평불만들 속에 숨어 있다. 음악은 그 가사와 결합되어 특별한 의미를 갖기보다는, 그 가사 속에 숨어 있는 힌트들을 자연스레 놓아둘 수 있을 만한 배경 공간처럼 존재한다. 그런 의미에서 음악은 「태양과 바다(마리나)」의 무대이자 배경인 인공 해변의 존재와 비슷해 보인다.

음악은 세이렌의 노래처럼 관람자들을 그 장면으로 끌어들이지만 이내 그 주의에서 사라지고 배경으로 녹아든다. 거기선 어느 것 하나도 두드러지지 않는다. 이는 창작자들이 이 공연을 오페라가 아니라 '오페라-퍼포먼스'라 명명했다는 점과도 연결되는 듯하다. 이들은 중심과 주변의 경계가 비교적 열려 있는 퍼포먼스라는 영역을 끌어들임으로써 이 작업의 구성 요소들을 자신들이 지향하는 질서 아래 배치한다. 아마도 이들은 중심과 주변의 관계를 면밀히 살피고, 이 작업을 구성하는 여러 재료의 무게를 틈틈이 확인하며 어느 것 하나가 지나치게 도드라지지 않고 나름의 균형을 이루도록 애를 쓴 것 같다. 이들이 추구한 것은 다원적인 재료가 공존하는 상태인 것 같다. 오페라라는 전통적인 장르 뒤에 덧붙인 '퍼포먼스'라는 단어는 이 작업이 추구해 온 균형 감각과 맞닿아 있는 것으로 이해된다.

그렇지만 이것이 굳이 (절반이나마) 오페라일 이유가 있을까? 한 장면 아래서 성악가들이 벨칸토 창법으로 여러 노래들을 부르면 자연스레 오페라가 되는 걸까? 이것이 결코 오페라가 아니라고 부정할 이유는 없지만, 오페라라는 음악 중심적 장르를 퍼포먼스라는 말 앞에 반드시 명시해야만 했던 이유가 있었는지는 잘 모르겠다. 이 작업에서 오페라라는 형식은 왜 사라지지 않았을까? 나는 「태양과 바다(마리나)」에서 음악이 여러 재료 중 하나고, 음악이 다른 요소들과 힘의 균형을 맞추기 위해 많은 전략을 모색한 것 같다는 인상을 받는다. 하지만 '오페라-퍼포먼스'라는 이중적인 명명은 내가 이 작업을 감각하며 추측했던 힘의 균형을 불필요하게 되돌아보게 만든다. 혹시 이들이 이 작업을 '오페라-퍼포먼스'라고 말함으로써 얻게 되는 어떤 상징이 있었던 것인지 작은 의문이 남는다. 아니면 이 모든 궁금증에 앞서, 어쩌면 애초에 이들이 왜 노래하는지를 물었어야만 했던 것일까?

퍼포먼스

퍼포먼스라는 알쏭달쏭한 말을 나는 이렇게 이해하고 있다. 어떤 사건이 벌어질 것이다. 무엇이 중심인지는 아직 정해지지 않았다. 여러 재료가 이 사건에 걸맞은 고유한 질서를 이룰 것이다. 어떤 퍼포먼스의 경우, 각 요소들은 최대한 동등한 상태에 놓이도록 구성된다. 굳이 음악이나 무용이나 연극이라 칭하지 않고 '퍼포먼스'라 부르는 이유는 기존의 장르에서 형성된 문법이나 요소들의 위계에서 비교적 자유로운 상태를 지향하기 때문일 것이다.

　　여기서 창작자들은 무엇을 퍼포먼스라 정의할 것인지, 어떤 재료들을 사용할 것인지 처음부터 결정할 수 있다. 소리, 움직임, 신체, 공간, 시간, 관객, 조명, 의상 등등. 또 여러 분야의 창작자들이 함께 퍼포먼스를 만드는 경우, 서로의 고유한 영역을 제작 과정에서부터 함께 검토하며 균형을 맞춰 볼 수 있을 것이다. 하지만 기존의 문법과 관습, 위계에서 벗어나고, 서로를 도구화하지 않는 상태를 지향하는 퍼포먼스들은 내게 어려운 물음들을 안긴다.

그 어떤 것도 도구화되지 않는 종류의 퍼포먼스는 어떻게 가능한 것일까? 수단도 목적도 존재하지 않는 상태는 어떻게 만들어질 수 있을까? 어디부터 어디까지가 재료일까? '기타 등등'이라는 영역은 어떻게 다루어져야 하는가? 더 중요한 것과 덜 중요한 것이 자연스레 생겨 버린다면 이 문제를 어떻게 극복해야 하는가? 중심 없는 퍼포먼스는 존재하는가? 정말로 주변이 존재하지 않을 수 있나? '퍼포먼스'는 형식인가? 혹은 태도인가?

퍼포먼스의 재료로 삼은 모든 것을 관객은 인지할 수 있는가? 인지할 필요가 있는가? 무엇을 보거나 듣거나 감각하거나 경험하게 되는가? 그들의 관계를 보아야 할까? 각각의 퍼포먼스가 만든 고유한 질서를 봐야 할까? 혹은 경험의 지향점을 버리는 것이 최우선 과제일까? 언어화된 지식과 체화된 감각을 반성하는 것이 선행되어야 할까? 새로운 어떤 것을 얻기 위해서 경험하는 것이 아니라 오래된 어떤 것을 잃기 위해서 경험해야 할까? 아무것도 상정하지 않아야 할까?

이 수많은 질문 중 더 중요한 것과 덜 중요한 것을 쉽게 나눌 수도 없고, 간단히 결론을 내리기도 어렵다. 그렇지만 이 열린 상태를 영원히 그저 손 놓고 바라보기만 할 수는 없다. 이런 상태를 더 잘 들여다보게 해 주는 사고의 도구들이 필요하다. 그리고 만약 다원적 상태가 지배적인 논리에서 벗어난 것, 특정 장르의 문법에 제한되지 않는 것, 여러 재료가 동등하게 관계하는 것, 그리고 중심 없는 텍스처를 지향하는 것이라면... 어쩌면 이들을 다성성의 관점으로 생각해 볼 수도 있을 것 같다.

서양 전통 음악에서 목소리와 목소리들의 얽힘은 모노포니, 폴리포니, 호모포니, 헤테로포니 등의 상태로 설명되어 왔다. 하나의 목소리가 있거나(모노), 여러 목소리가 제 속도로 스쳐 지나가면서 만나거나(폴리), 여러 목소리가 동시에 울리거나(호모), 여러 목소리가 중심 없는 상태로 유연하게 움직이거나(헤테로). 나는 이 '~포니'들을 절대적인 구성 원리라기보다는 그때그때 발생하는 상태로 이해하고 있다. 이 상태가 만들어지기 위해서는 하나의 '성부'라고 부를 수 있을 만한 분명한 목소리가 있어야 한다.

이 중에서도 폴리포니와 헤테로포니의 상태는 다원의 상태와도 어느 정도 맞닿아 있다. 내게 폴리포니의 상태에서 흥미로운 것은 서로 다른 목소리들이 여러 개의 선을 이루며 공존하는 광경을 보거나, 이들이 어느 시점에 '점 대 점'으로 만났을 때 어떤 일이 발생하는지 지켜보는 것이다. 헤테로포니는 동일하거나 유사한 주제를 다루지만 중심 없는 상태로 군집처럼 움직이며, 덜 계획된 상태로 상황에 맞추어 자유롭게 뒤엉킨다.

이 두 상태는 모두 다성성을 유지하면서도 서로를 도구화하지 않고, 마주치고 흩어진다.

그러니 다원적인 것을 다성적인 것으로 바라보겠다는 것은 재료들이 고유한 목소리를 지닌 주체로 인식될 수 있는지를 고민해 보겠다는 이야기다. 물론 이 목소리들의 균형은 시시각각 달라지겠지만, 적어도 장식음이나 반주 같은 것이 아니라 목소리 중 하나로 여겨지는지를 살펴보고 싶다는 것이다. 물론 빈틈없이 아무것도 도구화하지 않고 동등한 관계를 끝끝내 유지하는 퍼포먼스를 찾는 일은 불가능하겠지만, 그 구성 요소가 하나의 성부로 자리매김할 수 있을 정도인지를 검토하는 일이 아주 무의미하진 않을 것 같다.

수많은 재료가 어떤 상태로 있는지를 더 자세히 살피고 재료 하나하나에 관해 적극적으로 이야기해 볼 필요가 있다. 무엇이 왜 있는지, 무엇이 왜 이렇게 구성되거나 얽혀 있는지, 무엇은 왜 없는지, 무엇은 왜 있다고 말해지고 무엇은 왜 있다고도 말해지지 않는지. 무언가의 성질이 중요한지 아니면 무엇이 있다는 사실 자체가 중요한지.

리나 보 바르디: 서양의 발명품이다. 시간은 비선형적이며 언제든 선택한 지점으로 이동할 수 있도록 시작도 끝도 없이 근사하게 엉켜 있다.[1]

오민: 나는 비선형적 시간을 열망한다. 2주 전 즈음인가, 러닝 타임이 세 시간이 넘는 아네 임호프의 「섹스」(Sex, 2021년)를 영상으로 감상하던 중, 예상 못 한 '자연의 부름'을 받았다. 하지만 영상 전체를 보기 위해 미술관을 재방문한 터라 쉽사리 중간에 자리를 뜨기는 어려웠다. '비선형적 시간이라는 것이 지금 당장 유효하다면 얼마나 좋을까?' 기회를 또 놓치면 언제 다시 이 작품을 볼 수 있을지 알 수 없는 노릇이었다. 「섹스」의 원본 공연 (2019년)은 여러 장소로 흩어져서 진행되었을 것을 짐작할 수 있고, 어차피 작품의 전부를 한 번에 감상하기 어렵게 설계된 작품이니, 잠깐 나갔다 오더라도 크게 놓치는 것이 없다고 할 수도 있겠다. 그럼에도 나는 버티

이 글에는 여러 다른 필자의 말이 인용되어 있다. 인용문의 출처는 각주로 밝혔다. 글 전체가 한 편의 대화처럼 읽힐 수 있도록, 직접 인용문은 따옴표로 구분하지 않고 풀어 넣었다.

1. 『리나 보 바르디』(Lina Bo Bardi, 상파울루: 바르디 연구소[Instituto Lina Bo Bardi e Pietro M. Bardi], 1993년), 333.

동시에 여러 감각을 감각하는 것은

기로 했다. 공연 구성상 무언가를 필연적으로 놓칠 수밖에 없는 것과, 내가 감상을 멈추어서 무언가를 놓쳐 버리는 것은 분명 다르다는 생각 때문이었을까? 아니면, 2019년 베니스 비엔날레 리투아니아관에 붙어 있던 안내문, 러닝 타임이 60분이 넘는 「태양과 바다(마리나)」(Sun and Sea [Marina], 2017년)를 "20분만 감상"하도록 요청하던 그 안내문을 향한 앙금이 아직까지 남아 있기 때문이었을까? 보 바르디의 멋진 말과는 달리, 시간을 재료로 하는 예술 작품은 선형적으로 흐르는 시간으로부터 완전히 자유로울 수 없다. 나의 열망은 공허하다.

누군가: 동시대 예술에서 시간은 어차피 파편화되어 중심 없이 부유하는 것이 아닐까?

오민: '시간을 구성하고 그 구성을 읽는 것', 그리고 '시간을 기반으로 한 작품을 구동하고 구동 중인 작품으로부터 감각 정보를 지각하는 경험', 이 두 가지 다른 활동에 시간이 관여하는 방식을 구분할 필요가 있다. 구성과 독해 속 시간은 멈출 수도, 뒤로 돌릴 수도, 접을 수도, 조각낼 수도, 흩뜨릴 수도, 부분만 취할 수도, 원을 그릴 수도, 심지어 꽃무늬를 그릴 수도 있겠지만, 작품의 구동과 경험은 한 방향으로 흐르는 선형적 시간의 자장 안에 있다. '무리수적으로 절단'된 영상 작품이라 하더라도 각 장면은 러닝 타임 안에 편집된 순서대로 구동된다. 히토 슈타이얼의 「안 보여 주기: 빌어먹게 유익하고 교육적인 .MOV 파일」(How Not to Be Seen: A Fucking

Didactic Educational .Mov File, 2013년) 속 조각난 챕터 안에 흩어진 숏들은 15분 52초라는 공간에 배열되어 차례대로 상영된다. 다채널을 통해 물리적으로 절단된 작품 역시 선형적 시간의 영향에서 완전히 벗어나지 못한다. 예스페르 유스트의 작품이자 전시인 「예속」(Servitudes, 2015년)에서, 여덟 개의 스크린이 거대한 공간에 물리적으로 흩어지면서 동기화된 9분의 러닝 타임 역시 72분 혹은 그 이상으로 연장 또는 분산하지만, 각각의 영상이 9분이라는 물리적 시간 동안 재생되어야 하는 부분까지 흔들지는 못한다. 시간에서 선형과 비선형은 각각 독립적으로 존재하는 것이라기보다는 동전의 양면같이 서로 맞닿아 있다. 비선형의 감각은 선형과의 관계 안에서 발휘된다.

누군가: 하지만 화이트 큐브에서 시간을 소비하는 방식은 블랙 박스에서 시간을 소비하는 방식과는 다르다.

오민: 시간은 종종 유연해 보인다. 미시 세계에선 여러 가지 다른 동시가 중첩되기도 하고, 거시 세계에선 위치와 운동 방향에 따라 나의 시간과 타인의 시간이 다른 속도로 흐르기도 한다. 동일한 조건에서 발생하는 동일한 운동을, 오늘의 나는 빠르게 느끼고 내일의 나는 느리게 느끼기도 한다. 하지만 시간은 때때로 완고하다. 지금-여기의 내가 「4분 33초」의 전체를 듣고 싶다면 꼼짝없이 온전한 4분 33초를 써야만 한다. 「4분 33초」가 콘서트 홀이 아닌 미술관에서 연주된다고 해서 완고하

던 시간이 갑자기 유연해지는 것은 아니다. 시대가 바뀌면서 많은 것들이 변하지만, 시간이 흘러도 변하지 않는 것은 분명히 있다. 시간을 관념적으로만 소비하는 것은 아직까지는 현상적으로 불가능해 보인다. 시간을 관념적으로만 소비하는 것은 엄밀히 말해 시간을 소비하지 않은 것에 가깝다. 어떤 작품이 '시간이라는 관념'이 아니라 '물리적인 시간'을 재료로 취했다면, 그 작품을 관념적으로만 감상하기는 어렵다.

누군가: 그런 현상적 시간은 예술에서 단지 기술적이거나 부차적인 문제 아닌가?

오민: 나는 예술에서 '단지 기술적'이라는 말이 참으로 이상한 말이라고 생각한다. 단지 기술적이므로 부차적이라는 사고 방식 안에서는, 소설가의 문장 역시 단지 기술적인 것이므로 읽을 필요가 없고 화가의 붓 터치나 필력으로 진품을 구분하는 것도 허망하다. 기술은 많은 경우 '어떻게'와 관계하는데, 나는 미술의 역사가 '어떻게'의 역사였다고 생각한다. 20세기 이후 '무엇'이 강조되는 듯 보이지만, 그 '무엇'조차 '어떻게' 없이 스스로 존립한 적은 없었던 것 같다.

시간을 재료로 하여 구성된 작품에서 선형적으로 흐르는 시간은 여전히 유효하다. 중력이 없는 공간을 상상하고 사유할 수는 있지만 지구 위 물리적 공간을 재료로 사용하면서 중력을 무시한 채 작품을 설치할 수 없는 것과 같다. 구상의 단계에서 비정상적으로 운동하는 자

오민

유로운 사유를 전개했더라도, 결국 제작의 단계에서 그
사유들을 정상적인 감각 운동의 세계 안에 안착시켜야
한다.

누군가: '시간을 재료로 한다'는 것에 관해 좀 더 자세히
얘기해 보자. 시간을 재료로 한다는 것은 무엇인가? 서
사를 만드는 것에 비유할 수 있을까?

오민: 서사를 무엇이라고 생각하는가에 따라서 그렇기
도 하고 아니기도 하다. 서사를, 이야기, 재현해야 할 무
엇, 사건의 인과적 연결, 기승전결 등으로 이해한다면,
즉 협의의 서사로 생각한다면, 시간을 재료로 한 구성은
(적어도 나에겐) 서사를 만드는 것과는 다르다. 하지만
서사를, 시간 안에서 사유와 감각 사이의 짜임을 구성한
결과 구조로 이해한다면, 즉 광의의 서사로 생각한다면,
시간을 재료로 한 구성은 서사를 만드는 것과 비슷하다
고도 할 수 있다.

누군가: 사건의 인과적 연결과 거리가 멀다면, 그것은
'운동-이미지'(movement-image)를 조직하는 것보다
는 '시간-이미지'(time-image)를 조직하는 것에 가깝다
는 말인가?

오민: 운동-이미지는 감각-운동 도식과 긴밀하게 관계
하고,

선형적 시간은,   71

질 들뢰즈: 감각-운동 도식은 지각 작용(perceptions), 감화(affections), 행동(actions)과 연결되어 있다.[2]

오민: 시간-이미지는,

들뢰즈: 운동에 종속된 시간이 아니라 시간에 의지하는 변칙적인 운동이다. 따라서 과거-현재-미래의 순수한 경험적 연속을 넘어선다. 마치 경첩에서 빠져나온 것 같은 시간이다.[3]

오민: 시간 재료의 구성을 시간-이미지로 설명하자면 마음이 불편한데, 그 이유는 시간-이미지는 (협의의) 서사를 전제한다는 인상을 떨치기 어렵기 때문이다. 나는 (협의의) 서사에는 전혀 관심이 없다. (협의의) 서사로부터 자유로운 상태라면 굳이 시간-이미지를 절단이나 일탈로 인지할 필요가 없다. 애초에 구축해야 할 서사가 없으므로 파열될 것도 없는 것이다. 나는 장뤼크 고다르나 알랭 레네의 영화에서 파편보다는 관계를 발견한다. 시간 재료의 구성을 시간-이미지로 설명하는 것이 불편

2. 질 들뢰즈(Gilles Deleuze), 『시네마 1: 운동-이미지』(Cinema 1: The Movement-Image, 미니애폴리스: 미네소타 대학교 출판부 / 런던: 애슬론 프레스[London: Athlone Press], 1986년), 9.

3. 들뢰즈, 『시네마 1』, 9. 질 들뢰즈, 『시네마 2: 시간-이미지』(Cinema 2: The Time-Image, 미니애폴리스: 미네소타 대학교 출판부 / 런던: 애슬론 프레스, 1986년), 9. 질 들뢰즈, 「칸트 철학을 요약할 수도 있을 네 개의 시적 경구에 대해」(On Four Poetic Formulas which Might Summarize the Kantian Philosophy), 『칸트의 비판 철학』(Kant's Critical Philosophy: The Doctrine of the Faculties, 런던: 애슬론 프레스, 1984년) 서문, 7.

한 또 다른 이유는 시간-이미지가 현시를 전제한다는 인상을 떨치기 어렵기 때문이다.

들뢰즈: 시간은 운동-이미지에 의해 오직 간접적으로 재현된다. 한편, 시간이 일반적인 움직임에 종속된 관계를 뒤집을 때, 즉 시간-이미지가 작동할 때, 시간은 직접적으로 현시된다.[4]

오민: 나는 시간의 재현에도 현시에도 관심이 없다. 나는 시간을 그냥 시간으로 대하고 싶다. 나에게 시간은, 작업 과정에서 나와 작용-반작용하는 재료이고, 알수록 정체가 궁금해지는 매력적인 동료이며, 쉽게 결론을 허락하지 않는 고집불통의 협력자다.

한편, 나의 작품 안에 구성된 시간들은 결국 신체에 의해 수행되는데, 그 수행은 대개 어떤 수행을 가정한 후, 그 수행 가능성 혹은 수행으로서의 가능성을 질문한다. 이때의 수행은 대부분 서사나 재현과는 무관하다. 편집된 영상으로 수행했던 것을 라이브 퍼포먼스로 옮겨 수행하기도 하고, 영상과 라이브 퍼포먼스가 겹겹이 얽힌 상태에서 수행하는 경우도 있다. 서사나 재현과 무관하고 수행 자체에 집중하는 수행을 영상과 라이브 퍼포먼스를 넘나들며 수행할 때는, 그리고 수행을 사유하거나 편집하는 동안이 아니라 순수하게 수행하고 있는 그 순간에는, 일탈적 시간보다 감각-운동 도식에 집중해야 한다. 즉 지각-감화-행동의 연동을 예민하게 살

4. 들뢰즈, 『시네마 2』, 37.

펴야 한다. 물질세계에서 이루어지는 수행은 과거-현재-미래의 방향을 거스를 수 없을 뿐 아니라 그 방향을 잘 다뤄야만 수행을 제대로 작동시킬 수 있다. 지금-여기에서 벌어지는 수행은 절단되지 않는다. 경첩에서 빠져나온 시간을 라이브로 수행할 때는 경첩과의 간극만큼을 운동으로 연결해야 한다. 때때로 수행은 시간을 압도하기도 한다. 이때 시간은 정상적인 운동보다 훨씬 더 비정상적으로 강력하게 운동에 종속된다. 나는 이것을 '수행적 시간'이라 부른다. 수행적 시간의 러닝 타임은 수행자의 결정에 비결정적으로 예속된다. 프레임, 숏, 몽타주 밖으로 나온 인간의 신체는 선형적 시간과 중력과의 교류를 멈출 수 없다, 어떤 면에선 프레임, 숏, 몽타주 안에서도 마찬가지다. 시간이 작품의 재료가 될 때, 그리고 여기에 또 다른 재료로서 인체가 관여할 때, 감각-운동은 다시 주요한 질문으로 떠오를 수밖에 없다. 그런 측면에서, 나에게 시간을 재료로 한 구성이란, 시간-이미지와 유사하다기보다는, 운동-이미지와 시간-이미지의 경계를 넘나드는 것에 가깝다. 하지만 적어도 시간-이미지로 구성된 영화를 읽는 방식은 시간을 재료로 구성한 결과물을 읽는 방식과 상당히 닮았다.

들뢰즈: 시간-이미지 영화에서 이미지의 독서란, 이미지의 지층적 상태를 파악하고, 이미지를 뒤집고, 공허를 충만으로 또 겉면을 뒷면으로 부단히 전복하며 지각하는 행위이다. 읽는다는 것, 그것은 접속하는 대신 재-접

속하는 것, 겉면의 한 방향을 따르는 대신 뒤집고 다시 뒤집는 것이다.[5]

누군가: 여기서 이미지는 결국 장면이라 할 수 있을 텐데, 시간의 구성이 실제적으로는 장면들을 구성하는 것이라고 할 수 있을까? 이를테면, 공연의 '막'과 '장'을 만드는 과정처럼?

오민: 막과 장을 얼마큼 포괄적인 관점에서 바라보느냐에 따라 답이 달라질 것 같다. 공연에서의 막과 장을 필요한 장면을 생성하는 물리적 변화 및 장치로 바라본다면, 이는 수행에 치우친 관점이며 구성을 포괄하지 못한다. 하지만 막과 장을 사유의 구조물로 생각한다면 이는 시간 재료의 구성과 비슷한 구석이 있다.

누군가: 그럼 영상에서의 '프레임', '숏', '몽타주'를 계획하는 것은 어떤가?

오민: 프레임, 숏, 몽타주를 얼마큼 포괄적인 관점에서 바라보느냐에 따라 답이 달라질 것 같다. 영상에서의 프레임, 숏, 몽타주를 장면을 생산하고 전환하는 장치로 바라본다면, 이는 수행에 치우친 관점이며 구성을 포괄하지 못한다. 하지만 프레임, 숏, 몽타주를 그 작품의 운동성을 연구하는 재료로 바라본다면, 이는 시간 재료의 구성과 비슷한 구석이 있다. 어떤 운동을 담을 것인지, 다수의 짧은 숏과 5분이 넘어가는 긴 시퀀스-숏 중 어

5. 들뢰즈, 『시네마 2』, 245.

떤 것을 선택할지, 몽타주는 어떤 방식으로 운동할 것인지 등의 질문들은 모두 작품이 연구 중인 수행성과 직결되며, 이는 '단지 기술적'인 문제만은 아니다.

들뢰즈: 몽타주는 영화의 기술이며 사유이자 철학이기도 하다.[6]

오민: 막, 장, 프레임, 숏, 몽타주에서 발견할 수 있는 공통 속성은 '배열'이 아닐까 싶다. 배열은 선택이고, 선택은 작품의 중심 질문이 가리키는 방향이다. 방향과 선택과 배열을 시간과 연합하는 작업은 시간을 재료로 한 구성의 주요한 활동 중 하나다.

누군가: 시간과 배열을 연합하는 것은 시간을 공간적으로 사용하겠다는 의미로 들린다.

스벤 뤼티켄: 마르크스주의자, 그리고 들뢰즈를 비롯한 베르그송주의자들은 시간의 공간화, 즉 시간을 개별적이고 측정 가능한 것으로 변형시키는 것을 비판한다.[7]

앙리 베르그송: 시간을 공간으로 보는 것은 지성의 작용이다. 지성은 그 본성상, 실제적으로 유용한 결말을 목표하며 모든 것을 기계적으로 대한다. 살아 있는 것을 생명이 없는 것처럼 대하거나, 유동적인 것을 명확하게

---

6. 들뢰즈, 『시네마 1』, 55.

7. 스벤 뤼티켄(Sven Lütticken), 「변형하는 시간」(Transforming Time), 『움직임의 역사: 무빙 이미지 시대의 시간』(History in Motion: Time in the Age of the Moving Image, 뉴욕/베를린: 슈테른베르크 프레스[Sternberg Press], 2013년), 38.

정의된 고형물처럼 다룬다. 지성은 타고난 무능, 즉 생
명을 이해하지 못하는 그 무능을 특징으로 한다.[8]

오민: 추상화와 공간화는 사유를 위한 기본 언어다. 시
간을 공간으로 이해하는 것은 시간과 같이 이해하기 어
려운 대상을 탐색하기 위한 인간의 노력이다. 베르그송
의 원뿔 다이어그램도 과거와 현재가 작동하는 복잡한
방식을 공간 개념을 이용해 정리한 것 아니었나? 인간
이 시간을 수치화한다고 해서, 시간이 고분고분하게 수
치화되는 것은 아니다. 10초라는 길이를 시계 없이 정확
히 짚어 내는 신체를 나는 본 적이 없는 것 같다. 시계를
보면서 짚는다 한들, 그것은 과연 얼마큼 정확한 10초일
까? 누군가 정확한 10초를 짚는다 한들, 그 10초가 그 광
경을 보는 이의 10초와도 같을까? 지성이 '지속하는 것,
움직이는 것, 살아 있는 것'을 대하는 데 무능력하다는
생각에도 완전히 동의할 수 없지만, 정말 그렇다 하더라
도 창작의 과정은 (아무리 원한다고 해도) 지성에만 지
배받지 않는다. '지성'과 '직관'은 교류한다. 대립하는 것
들은 대개 충돌하기보다 교류한다. 공간화된 시간은 지
속하는 시간과 교류하고, 추상은 구체와 교류하고, 합리
는 비합리와 교류한다.

　　원준식: 테오도어 아도르노에 따르면,

8. 앙리 베르그송(Henri Bergson), 『창조적 진화』(Creative Evolution, 뉴욕: 도버
[Dover], 1998년), 155, 166.

선형적 시간은,　　　　　　　　　　　　　　　　　77

아도르노: 예술 작품의 합리적 계기인 '구성'은 논리와 인과성의 대리자로서, 산만하고 이질적인 것들을 내적 필연성에 따라 조직화해서 통일성을 형성하는 계기인데 반해, '표현'에는 예술로 하여금 그러한 형식 법칙에 완전히 포섭되기를 거부하는 계기가 내재되어 있다.[9]

오민: 아도르노는 구성과 표현을 통해 합리적 계기와 합리에 포섭되기 거부하는 계기를 구분하지만, 나는 구성이란 이 두 가지가 함께 작동하는 과정이라 생각한다. 구성 안에는 이성과 자연, 결정할 수 있는 것들과 결정할 수 없는 것들이 교묘하게 엮여 있다. 그것은, 시간을 비롯하여 예술 창작에 가담하는 재료들이, 결코 수동적이지 않기 때문이다. 재료는 예술가에게 그 재료에 대한 지속적인 연구를 요청한다.

원준식: 아도르노식으로 말하면,

아도르노: 재료는 예술가에게 특정한 요구를 부과하고, 예술가는 그러한 요구에 순응하면서 그것을 변형시킨다.[10]

오민: 구성한 결과의 일부를 형식이라고 말할 수 있다면, 구성은 구성화된 것, 즉 재료에,

9. 원준식, 「아도르노 미학에서 미메시스와 합리성의 변증법」, 『미학/예술학 연구』, 26집(2007년), 70.
10. 원준식, 「아도르노 미학에서 미메시스와 합리성의 변증법」, 75.

아도르노: 아무런 폭력도 가하지 않고 그로부터 나타나게 될 때만 실체적인 것이 된다.[11]

오민: 결국 구성은 '이해하기 위한 시도로서의 사유'와 '끝내 정복할 수 없는(을) 감각' 사이를 자유자재로 가로지르는 방법을 배우고 직접 행하는 과정이다.

시간과 공간의 결합이 불순하다는 의심을 내려놓을 수 있다면, 시간과 배열과 방향의 연관 관계를 통해 시간을 재료로 한 구성에 대해 좀 더 얘기해 볼 수 있을 것 같다. 시간을 공간과 배열의 문제로 접근한다는 것은 다른 말로 동시와 비동시의 감각, 이질과 동질의 감각을 가정하고 실험하는 것이라고 할 수 있다. 나는 수직의 배열은 동시 감각에 관한 실험으로, 수평의 배열은 변화 감각에 관한 실험이라 칭한다. 수직과 수평은 교류하고 교란한다. 최근엔 수평과 수직, 그 둘 다이면서 그중 어느 것도 아닌 상태로 운동하는 입체적 방향을 관찰 중이다.

누군가: 수평과 수직은 정확히 어떤 것을 의미하는가? '수직적 몽타주'와 '수평적 몽타주'에서의 수직 수평과 같은가?

남수영: 수직적 몽타주는 수직으로 잘린 시간의 불연속과 정지 상태들을 전제한다. 세르게이 예이젠시테인과 들뢰즈식으로 말하면, 수직적 몽타주는,

11. 테어도어 아도르노(Theodor W. Adorno), 『미학 이론』(Aesthetic Theory, 런던: 블룸즈버리 아카데믹[Bloomsbury Academic], 2013년), 195. 원문은 "형식은 형식화된 것에 아무런 폭력도 가하지 않고 그로부터 나타나게 될 때만 실체적인 것이 된다."

예이젠시테인: 충돌하면서 의미를 구성하며,

들뢰즈: 멈춤 상태에서 지속(durée)한다.[12]

앙드레 바쟁: 반면, 수평적 몽타주는 숏과 숏 간의 관계를 통해 시간 감각을 다루는 전통적인 몽타주와는 다른, 절대적으로 새로운 몽타주이다. 현재의 이미지는 이전의 이미지를 참조하거나 앞으로 나올 이미지를 따르지 않고, 말해진 것과 어떠한 방식으로든 횡적으로 관련한다.[13]

남수영: 인위적인 분절, 강요된 감각의 분배를 통해 서사적 의미를 부과하는 (기존) 몽타주에 부정적이었던 바쟁에게, 수평적 몽타주는 영화가 감각적인 경험의 연속성을 포기하지 않고도 비판적 메시지를 주조할 수 있도록 하는 대안과도 같았다.[14]

오민: 단, 무엇이 수평적이고 무엇이 수직적인가는 말하는 사람마다 다른 기준을 가지고 있어 주의가 필요하다. 동시 감각을 생성하는 재료의 측면에선 수평이던 것이, 동시를 구성하거나 감각하는 입장에선 수직이 되기도 한다.

12. 남수영, 「보이는 세계와 잘려진 세계, 그리고 그 사이의 속도」, 모빌리티인문학 콜로키움 5 녹화본 및 강의록(서울: 건국대학교, 2019년), 쪽 번호 없음.

13. 앙드레 바쟁(André Bazin), 「바쟁이 마커에 대해」(Bazin on Marker), 데이브 커(Dave Kehr) 옮김, 『필름 코멘트』(Film Comment) 39호(2003년), 44–45. 1958년 『카이에 뒤 시네마』(Cahiers Du Cinema)에 처음 실린 이 글에서 바쟁은 크리스 마커의 작품을 설명하며 수평적 몽타주 개념을 사용했다.

14. 남수영, 「보이는 세계와 잘려진 세계, 그리고 그 사이의 속도」, 쪽 번호 없음.

바쟁은 수평적 몽타주를 통해 동시 감각을 생성하는 주요한 두 재료, 이미지와 소리의 관계에 주목했다. 하지만 배열할 수 있는 재료들은 그 외에도 매우 다양하다. 감각 재료(빛, 소리, 형태, 색, 신체, 운동, 물질 등), 기술 재료(도구, 기계 장비, 신체에 집적된 수행 능력, 기술의 시대성 등), 형식 재료(장르별 시대별 형식 등), 사유 재료(주제, 질문, 가정, 관념, 내용 등), 역할 재료(작가, 수행자, 기술자, 운영자, 관객 등)를 비롯해, 재료는 생각보다 세밀하게 분화된다. 재료를 선택하는 것, 선택한 재료를 배열하는 것 역시 시간 구성의 범주 안에 들어간다.

누군가: 시간 구성이 재료와 배열의 문제와 관련된다는 말은 디스포지티프(dispositif) 개념과 연관된다는 의미인가?

김지훈: 학제적 맥락에서 영화 장치(cinematic apparatus)는 특정한 주체성 및 응시의 구조, 영화 이미지의 현실 효과(reality effect)를 낳는 기술적, 담론적, 제도적 요소들의 복합체를 가리킨다.[15]

오민: 디스포지티프는 다양한 의미를 포괄하는데,

에이드리언 마틴: 디스포지티프를 이해하기 위해 먼저 장루이 보드리의 영화 기초 이론에서 다루는 용어를 살펴보는 것이 좋을 것 같다.

15. 김지훈, 「다큐멘터리의 확장된 디스포지티프: 동시대 다큐멘터리 설치 작품과 이주 및 재분배 작용」, 『영화연구』 78호(2018년 12월), 14..

보드리: '장치'(apparatus)는 영화를 위한 기계와 도구로, 카메라, 프로젝터, 셀룰로이드, 인화 장치 등을 포함한다. 한편, '디스포지티프'는 즉각적이고 필연적으로 조금 더 사회적인 기계를 의미한다. 의자에 앉아 있는 신체, 어두운 공간, 프로젝터에서 출발해서 스크린에 닿을 때까지 이동하는 빛과 같이 영화 감상과 관련된 요소의 셋-업, 배열, 배치를 뜻한다.[16]

김지훈: 이후 디스포지티프는, 미셸 푸코와 들뢰즈에 의해 구성 요소의 내적 이질성과 이의 다양한 결합 가능성으로 재정립된다. 디스포지티프는,

푸코: '담론, 제도, 건축적 형태' 등으로 이루어진 '이질적인 집합'이자 이 요소들 간에 수립될 수 있는 '관계들의 체계'이다.[17]

오민: 조르조 아감벤은 여기에 잠재된 운동성을 추가한다.

아감벤: 디스포지티프는 생명체의 몸짓, 행동, 의견, 또는 담화를 포착하고 방향 짓고 결정하고 방해하고 만들고 통제하고 안정화할 수 있는 모든 것이다.[18]

---

16. 에이드리언 마틴(Adrian Martin), 「페이지의 전환: 미장센부터 디스포지티프까지」(Turn the Page: From Mise en scène to Dispositif), 『스크리닝 더 패스트』(Screening the Past) 31호(2011년 8월), http://www.screeningthepast.com/2011/07/turn-the-page-from-mise-en-scene-to-dispositif/.

17. 김지훈, 「다큐멘터리의 확장된 디스포지티프」, 14.

마틴: 디스포지티프는 변형, 의외성, 또는 기교적 모순에 열려 있는 미학적 가이드 트랙이기도 하다.[19]

김지훈: 이로써 디스포지티프는 내적 이질성과 외적 변주 모두에 열려 있는 것으로 확장되었다.[20]

오민: 영화를 제작하고 구동하고 감상하는 데 관련된 물질적 장치와 환경, 제도적/문화적 관계 구조, 이질적 구성 요소의 접합, 장르를 교차하는 미적 경험, 관람성 등을 포괄한다는 점에서, 디스포지티프는 분명 시간을 재료로 하는 구성과 맞닿아 있다. 시간 예술에서 재료와 기술의 관계, 형식과 내용의 관계, 협업자와 역할의 관계, 과정과 완성의 관계, 감각과 관념의 관계에 대한 질문은 어떤 측면에선 모두 배열의 문제다. 배열의 문제는 구성의 문제이고, 언어의 문제이고, 역사를 바라보는 관점의 문제이자, 정치의 문제다.

원준식: 아도르노에 의하면 예술은 전승된 재료와 기술에 대한 부단한 비판이다.

아도르노: 중요한 예술 작품들은 모두 자신의 재료와 기술 속에 어떤 흔적을 남기는데, 이 흔적을 비판적으로 따라가는 것이 현대적인 것을 규정한다.[21]

18. 조르조 아감벤(Giorgio Agamben), 『장치란 무엇인가?』(What Is an Apparatus?), 데이비드 키시크와 스테펀 페다텔라(David Kishik and Stefan Pedatella) 옮김(스탠퍼드: 스탠퍼드 대학교 출판부, 2019년), 14.

19. 마틴, 「페이지의 전환」.

20. 김지훈, 「다큐멘터리의 확장된 디스포지티프」, 17.

오민: 그런 면에서 구성은 아도르노의 형식과 공명한다. 형식과 마찬가지로 구성 역시,

아도르노: 작품 내부에서 객관적으로 반성하는 것이며, 곧 비판으로 수렴하는 것이다.[22]

오민: 구성은 자크 랑시에르의 감각의 재분배 개념과도 유사해 보인다.

김지훈: 랑시에르의 『미학의 차원: 미학, 정치, 지식』에 의하면, 재분배의 활동(activity of redistribution)이란,

랑시에르: 기존의 예술 작품이나 활동에 존재하는 형식적, 물질적, 기술적 구성 성분, 그리고 이것들이 함축하는 감각을 재구성하거나, 기존의 이러한 구성 성분 및 감각의 배열에 설정된 위계 및 전제를 질의하고 이에 도전하거나 이를 다시 배열하는 작용이다.[23]

오민: 구성은 또한 들뢰즈가 말하는 기존 체제의 해체와도 연결된다.

이지영: 들뢰즈는 예술에서의 사유가,

들뢰즈: 감각 안에 현존하는 역량이 자신의 표준적인 체제를 뛰어넘어 자기 자신과 다른 것이 되는 사유라고 말한다.[24]

---

21. 원준식, 「아도르노 미학에서 미메시스와 합리성의 변증법」, 77.
22. 아도르노, 『미학 이론』, 197.
23. 김지훈, 「다큐멘터리의 확장된 디스포지티프」, 25.

오민: 배열의 문제는 운동의 문제이기도 하다. 즉 구성은 운동이다. 재료들로부터 멀리 떨어졌다가 재료 안으로 파고들고, 해체했다가 다시 붙이기도 하며, 뒤집고 다시 뒤집고, 비웠다가 채우기도 한다. 운동의 문제는 시간의 문제이기도 하다. 즉 구성은 시간이다. 구성의 시간은 정상적으로 운동하지 않는다. 뒤로도 옆으로도 운동한다. 더 빠르거나 느리기도 하다. 때때로 동시 다발적이다. 구성이 배열이고 운동이고 시간인 것처럼, 구성의 과정은 순서와 경계 없이 부유하면서 서로를 닮아 간다. 과정과 재료와 기술과 내용과 태도와 사유의 경계 또한 흐려진다.

아도르노: 형식화된 것, 즉 내용이 결코 형식의 외적 대상이 아니며, 형식이 내용의 침전물인 것처럼,[25]

오민: 시간의 구성에서 시간은 주제이고, 사유이고, 재료이고, 기술이며, 태도이다.

누군가: 구성은 무엇인가 매우 인위적인 것을 만드는 것이라는 인상을 준다. 예술은 가공되지 않은 현실, 세계, 자연을 담아야 하는 것이 아닌가?

남수영: 이미지를 생산하는 카메라는 스스로를 소멸시킴으로써, 즉 매개성을 최소화함으로써—비매개

---

24. 이지영, 「들뢰즈 영화론의 철학적 위상에 대한 연구」, 『시대와 철학』 19권 1호(2008년), 312.

25. 아도르노, 『미학 이론』, 195, 192.

(immediacy)를 추구하고—원본과 복제본, 현실과 복제 이미지, 텍스트(이미지가 지시하는 내용 또는 의미)와 이미지(감각적인 것)를 일치시킨다. 바쟁의 '완전 영화'의 개념이 이와 같은 맥락에 있을 것이다.[26]

에리카 발솜: 특히 현재와 같이 현실과 허구가 혼합된 '대안적 사실'의 시대에는, 코드화하지 않는 렌즈 기반의 포착을 통해, 경험의 현실성과 사고의 기준을 재정립하는 것이 중요하다.[27]

오민: 이런 생각들은 자연과 예술을 여전히 원본과 재현 (혹은 복제, 혹은 현시)으로 구분하는 태도를 전제한다. 예술이 자연을 담는 도구가 아니라 자연이 생성되는 장으로 생각해 본다면 어떨까? 예술 작품은 예술가가 오랜 시간 사유하고 수행한 것으로부터 자연스럽게 발생된 감각적 결과물이다. 이 결과물에 관여하는 구성은 수많은 결정의 집합체이지만 그 사이사이는 무수한 비결정으로 메워져 있다. 내 작품들은 분명 내가 만들었지만 동시에 내가 만들지 않았다. 결정할 수 있는 것과 결정할 수 없는 것 사이를 이동하며 사유하는 동안, 사유의 결과물은 필연적으로 자연을 닮는다. 자연을 닮았다고는 하나, 어디가 어떻게 닮았는지를 구분해 내는 것조차 불가능한 상태다.

26. 남수영, 「사라진 매체: 암호 또는 '가시적인 것'의 비밀」, 『비평과 이론』 25권 3호 (2020년 가을).

27. 에리카 발솜(Erika Balsom), 「사실 기반 공동체」(The Reality-Based Community), 『이플럭스 저널』(e-flux Journal) 83호(2017년 가을), https://www.e-flux.com/journal/83/142332/the-reality-based-community/.

원준식: 아도르노가 예술을 미메시스로 규정할 때, 그
것은 '대상의 모방'을 의미하지 않는다. 이는 그가 미메
시스 개념을 플라톤에서 시작되는 서양 미학의 전통에
연결시키지 않고, 그 이전으로 거슬러 올라가 선사시
대 인간의 고유한 행동 양식에서 그 기원을 찾기 때문인
데, 그것은 타자를 대상화하지 않는 행동 양식이다. 오
히려 미메시스는 객체에 순응하는 주체의 반응이다. 반
면 대상적 모방은 '미메시스적 충동이 거부하는 대상화
(Vergegenständlichung)'를 전제하는 것으로, 동일성
사유의 미학적 버전이라고 할 수 있다.[28]

오민: 나는 예술의 언어가 구성이라고 생각한다.

이지영: 들뢰즈 역시,

들뢰즈: 예술은 구성의 평면(plane of composition) 위
에 세워진다고 말한다.[29]

오민: 구성은 결국 감각으로 귀결된다.

들뢰즈: 예술 작품은 다른 무엇이 아닌 감각의 존재
이며,[30]

이지영: 들뢰즈에 의하면,

---

28. 원준식, 「아도르노 미학에서 미메시스와 합리성의 변증법」, 58, 64, 65.

29. 이지영, 「들뢰즈 영화론의 철학적 위상에 대한 연구」, 301.

30. 질 들뢰즈와 펠릭스 가타리(Felix Guattari), 『철학이란 무엇인가?』(What Is Phi-
losophy?), 휴 톰린슨과 그레이엄 버첼(Hugh Tomlinson and Graham Burchell) 옮김(뉴욕:
컬럼비아 대학교 출판부, 1991년), 164.

선형적 시간은,   87

들뢰즈: 구성의 평면은 감각의 구성물이 세워질 수 있는
조건이자 지평으로서 예술을 설립한다.[31]

오민: 사실, 평면으로는 부족하다. 구성은 입체로 된 조
건과 지평 안에 감각을 조각한다. 구성은 그만큼 다층적
인 주체, 활동, 단계, 질문, 결정, 태도를 포괄한다. 재료,
과정, 결과, 형식, 기술, 수행, 역할, 감각, 관념, 사유, 내
용은 모두 구성의 재료이자 구성 자체이다. 이들을 선택
하고 배열하고 재배열하며 새로운 경계를 만들거나 경
계를 모호하게 하는 활동 또한 구성이다. 무엇을 선택하
고 어떻게 배열 또는 재배열할 것인가는 매 작품마다 달
라진다. 구성은 특정 양식이나 방법론처럼 비슷한 것을
생산하는 편리한 도구가 아니다. 매 작품의 구성은 고유
하고, 각 구성의 고유함이 작품 자체와 같다. 구성은, 매
작품마다 선택한 (새로운) 재료들 간 (새로운) 배열과
관계를 가정하고, 그 가정의 감각적 가능성을 실험하는
과정이다. 그 실험에서 미리 결정하거나, 즉흥을 이용하
거나, 우연에 의지하기도 하는데, 이는 모두 구성의 전
략이다. 즉흥을 이용한다고 해서 구성이 없는 것이 아니
다. 즉흥은 미리 구성해 놓지 않고 지금-여기에서 구성
하는 것이다. 우연을 이용한다고 해서 구성이 없는 것은
아니다. 케이지의 「4분 33초」 역시 구성된 것이다. 구성
하지 않는 구성 역시 구성이다. 시대가 변하면서 구성하
는 방식이 달라지는 것이지 구성이 사라지는 것은 아니

31. 이지영, 「들뢰즈 영화론의 철학적 위상에 대한 연구」, 313.

오민

다. 구성은 사유와 감각의 언어이다. 사유와 감각 모두가 구성의 재료이고, 사유와 감각 모두가 구성의 과정이며, 사유와 감각 모두가 구성의 결과이다. 사유와 감각은 세계를 복사, 재현, 반사, 투과, 굴절, 현시를 결심하거나 다짐할 틈도 없이 빠르게 번식하는 감각의 질문들을 좇는다. 질문을 동반한 탐험은 어디에도 속하지 않으면서 어디에도 속하는 세계를 생성한다.

시간이 구성의 재료이자 주제이자 협업자인 경우, 그 구성에 관련하는 모든 것은 시간과 필연적으로 관련한다. 따라서 이때의 구성은 시간의 구성 혹은 시간을 재료로 한 구성과 같은 의미다. 시간을 재료로 사유한 것은 시간 안에서 감각 정보로 구체화되고 구체화된 정보가 시간 안에서 지각되면 곧 지각된 감각이 시간 안에서 다시 사유를 이끈다. 그 사유에는 감상자가 동참한다. 감상자는 지각한 감각 정보를 기억 안에 저장한다. 기억의 공간과 시간은 구성의 공간과 시간을 닮았다. 감상자는 감각의 입체 안에서 시간을 멈추기도 하고, 뒤로 돌기도 하고, 접기도 하고, 조각내기도 하고, 흩뜨리기도 하고, 원을 그리기도 하고, 심지어 꽃무늬를 그리기도 하며, 저장된 감각 정보를 재구성한다. 그런 면에서,

보 바르디: 시간은 비선형적이며 언제든 선택한 지점으로 이동할 수 있도록 시작도 끝도 없이 근사하게 엉켜 있다.[32]

32. 『리나 보 바르디』, 333.

1974년 워커 아트 센터가 출판한 도록 『영사된 이미지』에서, 미술 평론가·영화학자 애넷 마이컬슨(1922~2018년)은 영화감독 폴 샤리츠(1943~93년)의 작업에 주목한다. 셀룰로이드 필름이 가지고 있는 내적 속성을 플리커 효과나 루프 프린팅 등으로 보여 주고자 했던 '구조주의'적 실험에 중심적인 역할을 했던 샤리츠는, 1971년 작 「사운드 스트립/필름 스트립」(Sound Strip/Film Strip)을 기점으로 자신의 작업 중 일부를 '장소적 영화'(locational film)라고 지칭하며, 이를 전통적인 형태의 영화관이 아닌 하얀 정방형의 미술관 내에서 선보이기 시작한다. 마이컬슨은 이러한 전시 환경의 차이가 단순히 달라진 공간적 배경을 의미할 뿐만 아니라, 영화라는 매체의 시간성을 '재정립하고 명료화'하고, 영화에 내재되어 있는 '기승전결의 구조를 무효화'하며 '관람 시간을 확장'시키는 과정이라고 정의한다.[1] 그녀가 감지하는 이 일련의 변화들은 영화관이라는 공간의 구조가 관람자에게 요구했던 수동적이고 제한적인 태도가 미술관에서는 더 이상 적용되지 않는 점에서 비롯된다. 지정된

1. 애넷 마이컬슨(Annette Michelson), 「폴 샤리츠와 환영주의 비평」(Paul Sharits and the Critique of Illusionism), 『영사된 이미지』(Projected Images, 미니애폴리스: 워커 아트 센터[Walker Art Center], 1974년).

좌석에 앉아, 정해진 상영 시간 동안 스크린을 응시해야 하는 영화관의 관객과는 달리, 샤리츠의 작품을 미술관에서 접하게 되는 관객은 자신이 편한 시점에서, 원하는 시간 동안 무한으로 반복되는 이미지들을 볼 수 있다. 이에 마이컬슨은 샤리츠의 「동시적사운드트랙」(SYNCHRONOUSSOUNDTRACKS, 1973~74년)을 경험하는 것이 마치 '정교한 1960년대 조각'을 보는 것과 비슷하다고 결론짓는다. 가로 2.7미터, 세로 2.1미터의 넓이를 가진 직사각형 형태의 프로젝션 세 개를 연결시켜 전시 공간 내 하나의 벽 전체를 사용한 이 작품은, 각각의 프레임 안에서 다른 속도와 색상으로 핑크색의 필름 스트립이 움직이는 모습을 관찰할 수 있도록 제작되었다. 이를 '영화'도, '영사된 작품'도 아닌 '다면적 환경'에 가깝다고 규정하며, 마이컬슨은 정해진 시점 없이 자율적으로 움직이며 샤리츠의 작품을 경험하는 관람의 형태와, 1960년대 미국 미술에 있어 가장 중추적인 역할을 했던 노널드 저드(1928~94년)나 칼 안드레(1935년~), 로버트 모리스(1931~2018년) 등의 작가들이 선보인 미니멀리즘 조각을 둘러보는 행위의 접점을 찾아낸다.

물론, 마이컬슨이 제시하고 있는 능동적인 관람의 형태가 샤리츠의 작품 이전에 존재하지 않았던 것은 아니다. 최초의 '해프닝'으로 알려진 앨런 캐프로(1927~2006년)의 작품 「6부로 된 18개의 해프닝」(Eighteen Happenings in Six Parts, 1959년)에서도, 관객은 작가가 사전에 전달한 '스코어'를 따라 물감으로 뒤덮인 비닐 시트로 구획된 공간을 지나다니며, 스코어에 적혀 있는 작가의 지시를 따르면서 작품에 적극적으로 참여해야 했다. 그럼에도 불구하고 마이컬슨이 묘사하고 있는 영상 예술의 '경험적 측면'에 대한 예술사적 중요성은 간과할 수 없는데, 이는 그녀가 1970년대 중반에 이러한 관람의 형태가 광범위하게 받아들여질 것이라는 사실을 예측하는 혜안을 보여 주기 때문이다. 회화와 조각으로 귀결되는 전통적인 예술의 공간으로 여겨졌던 미술관이라는 공간이 1970년대 이후 다양한 방식의 시간성이 내재된 작업을 수용하면서, 영상 예술과 행위 예술을 기반으로 한 작품을 경험하는 데에 있어 능동적인 관람의 형태는 필요 불가결한 요소가 되었다. 감시 카메라를 통해 복도 안을 누비는 자신의 뒷모습을 마주하게 되는 브루스 나우먼(1941년~)의 「실시간-녹화된 비디오 복도」(Live-Taped Video Corridor, 1970년)나, 프로젝션과 TV 모니터, 퍼포먼스를 위한 소품과 드로잉이 전시 공간을 에워싸고 있는 조앤 조너스(1936년~)의 「신기루」(Mirage, 1976/1994/2005년)와 같은 작품은 정적인 상태에서 한 지점을 응시하고 있는 관람자를 대상으로 하지 않고, 자신이 원하는 대로 작품의 시공간적 문맥을 변화시키며 그 행위를 경험의 일부로 받아들이는 관람자를 요구한다. 그리고 이러한 변화는 1990년대부터 영화와 현대 미술의 '크로스오버'에 대한 논의가 활발하게 진행되며 이루어진 예술적 실험을 통해 일반적인 관람의 방식으로 자리 잡는다.[2] 크리스 마커(1921~2012년)나 샹탈 아케르만(1950~2015년)처럼 갤러리를 위한 영상 작품을 제작하는 영화감독들이 등장하고, 영상 매체를 기반으로 작업을 구현해 온 매튜 바니(1967년~), 피에르 위그(1962년~) 등이 활동하게 되면서, 시간

---

2. 김지훈, 「영화적 비디오 설치 작품에서 영화와 비디오의 혼종화」, 『현대미술사연구』 39집(2016년).

성이 내재되어 있는 작업들이 요구하는 자율적인 관람의 방식이 통상적으로 받아들여지게 된 것이다.[3]

하지만 수많은 스크린을 일상적으로 마주하며, 미술관 내에서의 영상 작품이 더 이상 새롭거나 이례적이지 않은 오늘날에도, 이러한 관람의 방식이 영상 예술을 이해하는 과정에 있어 어떤 역할을 하는지에 대한 의논은 심도 있게 다루어지지 않고 있다. 큐레이터 크리시 아일스는 댄 그레이엄(1942년~)이나 피터 캠퍼스(1937년~) 등의 비디오 설치 작업들이 이전의 영상 예술과 달리 '현상학적' 또는 '조각적' 특징을 가지게 된다고 주장하며 이미지의 '3차원성'을 강조했으나, 이와 같은 특성을 작품을 해석하는 텍스트 내에서 어떤 방식으로 녹여 낼 수 있는지에 대한 시도는 찾아보기 어렵다. 프랑스의 영화학자 장크리스토프 루유가 현대 미술에서의 영상 작업을 '전시용 영화'(cinema of exhibition)라 칭하며 일반적인 영화와의 공간적인 차이점을 강조했음에도 불구하고, 이러한 작품들 또한 프레임 안에서 일어나고 있는 영상의 내용을 중심적으로 다루는 영화학적 방법론을 통해서 해석되고 있는 것이 사실이다.[4] 예컨대 다큐멘터리의 장르적 실험을 영상 예술의 흐름 안에서 발전시킨 독일의 영화감독 하룬 파로키(1944~2014년)에 대해 선행된 연구는, 작가가 영상 내에서 사용하고 있는 다양한 출처의 이미지에 대한 인식론적 측면이나 지속적으로 탐구했던

3. 줄리아나 브루노(Giuliana Bruno), 『공적 친밀함: 건축과 시각 예술』(Public Intimacy: Architecture and the Visual Arts, 매사추세츠주 케임브리지: MIT 출판부, 2007년).

4. 장크리스토프 루유(Jean-Christophe Royoux), 「전시로서의 영화, 공간으로서의 시간」(Cinema as Exhibition, Duration as Space), 『아트 프레스』(Art Press) 262호(2000년 11월).

최장현

시각의 기술적 양상에 대해서 중점적으로 논의하고 있고, 그의 작업이 갤러리 내에서 어떤 형태로 전시되는지에 대한 형식주의적 쟁점에 대해서는 깊이 다루고 있지 않다. 그러나 파로키의 작품처럼 복수의 채널이 공존하며 건축적인 구조를 취하는 영상 설치 작업이 보편화된 이 시점에서, 다중 채널 작업이 요구하는 관람의 방식이 작품을 경험하고 해석하는 데에 있어 어떠한 역할을 하는지 고려하는 것은 시의적절한 논제임이 틀림없다.

그렇다면 이러한 능동적, 비선형적 관람의 방식은 어떤 형태로 이론화되어 텍스트 내에서 발현될 수 있을까? 정지된 매체라고 할 수 있는 회화와 조각과 달리 다중 채널 영상 작품은 관람자가 자신이 원하는 대로 작품의 시간성과 공간성을 조율할 수 있기에, 관람자가 작품을 감상하는 일인칭적 경험을 해석의 구심점으로 고려할 수 있는 가능성을 제시한다. 독일의 작가 히토 슈타이얼(1966년~)이 2017년 뮌스터 조각 프로젝트에서 발표한 작품은 이러한 경험적 요소들이 어떻게 작품을 분석할 수 있는 기반을 마련해 주는지 보여 준다. 건축가 하랄트 다일만(1920~2008년)이 1975년에 지은 독일 은행 LBS 뮌스터 지점에서 선보여진 이 작업은 3채널 비디오와 네온 조각으로 구성된 「빌어먹을 그래 우리 제기랄 뒈져」(Hell Yeah We Fuck Die, 2016년)와 쿠르드족이 살고 있는 도시 디야르바키르에 대한 터키 정부의 폭격을 다룬 비디오 「오늘날의 로봇」(Robots Today, 2016년), 파란색의 정육면체를 이어 로봇의 형태로 만들어 낸 조각 「프로토타입 2.0과 2.1」(Protoypes 2.0 and 2.1, 2016년)로 이루어져 있다. 세 개의 모니터를 각기 다른 강철판에 설치해 놓은 「빌어먹을 그래 우리 제기랄 뒈져」는 로봇을 훈련하고 조종하기 위해서 인간이 현실과 가상의 상황에서 사용하는 폭력적인 실험을 보여 주고 있는데, 이는 디야르바키르에서 터키 정부의 탄압을 받으며 자유가 제한된 삶을 살고 있는 쿠르드족과, 폭격으로 인해 소실된 철학자 이스마일 알자자리(1136~1206년)의 아카이브에 기록되어 있는 '오토마타'(automata)의 개념과 평행적 관계를 이룬다. 하지만 이 두 비디오가 변주하며 보여 주고 있는 중심적인 테마—자신의 이기를 위해 다른 문명을 지배하고 구속하는 행위와, 이러한 파괴적인 행위에 침투되어 있지만 자체로서는 중립적인 현대 사회 기술의 특징—는 관람자가 전시장 내를 누비면서 돌아다니는 움직임을 통해서 비로소 강조된다. 자유롭게 몸을 가눌 수 없는 스크린 내의 존재들과는 대조적으로, 관람자는 자신이 원하는 대로 전시장에 놓인 구조물들 사이로 이동하며 작품을 경험할 수 있는 일종의 자유를 누리는 존재이다. 다중 채널의 형식을 통해 슈타이얼은 곧 관객이 자신의 몸을 움직이며 작품을 경험하는 행위 자체를 작품의 의미를 전달하는 매체의 일부로 사용하고 있는 것이다.

관람자 본인의 신체가 일인칭적 시점에서 체험하는 바를 작품의 일부로 받아들이게 된다는 것은 즉 관람자의 내밀하고 정서적인 정동적(affective) 경험이 작품을 해석할 수 있는 방법론으로 발전될 수 있다는 것을 의미한다. 영국의 비디오 작가 듀오 제인과 루이즈 윌슨(1967년~)의 기념비적 작품 「슈타지 도시」(Stasi City, 1997년)의 예시를 보자. 독일의 통일 이후 베를린에 남겨진 동독의 비밀경찰 슈타지의 본부 건물 내부를 촬영한 이 작품은, 네 개의 채널이 정방형 공간의 각 벽에 영사되어 관람자를 전후좌우로 에워싸는 구조로 이루어져 있다. 그러나 이 작품은 단순히 한 공간을 사면으로 분할하여 촬영한 뒤 네 개의 채널에서 각각 영사하는 방식을 취하기보다는, 건물 내부를 다양한 각도에서 미끄러지듯이 이동하는 트래킹 숏을 활용하면서 각 지점에 따라 상이한 논리를 전개한다. 그리고 이렇게 작품 내에서 지속적으로 변화하는 영상의 구조는 관람자로 하여금 자신의 신체를 영상의 변화에 맞춰 재정비하기를 요구한다. 승강기 내·외부를 각각 다른 각도에서 찍어 내며 거대한 기계가 움직이는 소리를 적나라하게 보여 주는 시퀀스에서는 계속 변화하는 카메라의 각도에 맞춰 시선의 방향을 움직여야 하고, 취조실처럼 생긴 방을 같은 각도에서 찍은 동일한 영상이 두 채널에서 동시에 나오는 시점에서는 자신의 몸을 움직여 각 채널에서 나오는 영상을 비교하게 된다. 이렇게 다중 채널이라는 구조를 통해 작품은 관람자가 끊임없이 자신의 신체를 움직일 것을 요구하고, 그의 집중을 분산시키며 방향 감각을 상실한 듯한 혼미한 경험을 선사하게 된다. 자신의 감각을 주체적으로 조종할 수 없는, 사면이 영상으로 둘러싸인 공간 안에 놓인 관람자의 신체는 곧 슈타지의 설립 목적이었던 '감시'의 은유로서 작용하게 되는 것이다.

미술사학자 이나 블룸은 1990년대 말에 등장한 필리프 파레노(1967년~)나 리엄 길릭(1964년~) 등, 미학자 니콜라 부리오가 이른바 관계 미학이라는 개념을 사용해 이론화한 작가들에 대해서 주목하며, 이들이 발전시킨 다중 채널 영상 작업을 변화하고 있는 미디어 환경에 대한 시각 예술적 반응으로 고려할 수 있다고 주장한다.[5] 블롬이 주목하는 작가들은 모두 갤러리 내의 전시 공간 자체를 하나의 설치 작품이나 사회적 상황으로 상정하고, 비디오는 물론 오브제, 빛, 소리 등을 사용하여 관람객으로 하여금 전시장과 상호 작용을 할 수 있는 환경을 조성하는데, 블롬은 이러한 시공간적 배경이 관람객의 신체를 통제하는 방법에 초점을 맞춘다. 이러한 논의는 개인의 삶과 신체가 정치권력의 일부로서 사용되고 조종되는 현상을 지칭하기 위해 철학자 미셸 푸코가 주창했던 생명 정치(biopolitics) 이론과,[6] 안토니오 네그리와 마이클 하트 등의 사상가가 발전시킨 자율주의적 마르크스주의(autonomist Marxism), 즉 가치를 창출하는 노동이 단순히 지정된 시간과 장소뿐만 아니라 일상의 정동적, 인지적 차원에서 이루어지고 있다는 개념을 바탕으로 한다.[7] 당연하게도 블롬은 길릭이나 파레노의 작업을 단순히 이러한 이론을 시각화하기 위한 시도로 정의하지는 않는다. 그러나 이러한 철학적 배경을 통해 블롬은 길릭이나 파레노 등의 작업이 어떻게 현대 사회의 미디어 환경에 대한 비판적 관점을 통해 이해될 수 있는지를 제시하면서, 다중 채널 작업의 일인칭적, 정동적 관람적 경험이 작품에 대한 형식주의

5. 이나 블롬(Ina Blom), 「스타일 사이트에 대해: 미술, 사회성, 그리고 미디어 문화」(On the Style Site: Art, Sociality, and Media Culture, 베를린: 슈테른베르크 프레스[Sternberg Press], 2008년).

6. 미셸 푸코(Michel Foucault), 『생명 정치의 탄생』(The Birth of Biopolitics: Lectures at the Collège de France, 1978-1979, 뉴욕: 폴그레이브 맥밀런[Palgrave Macmillan], 2008년).

7. 마이클 하트(Michael Hardt)·안토니오 네그리(Antonio Negri), 『제국』(Empire, 매사추세츠주 케임브리지: 하버드 대학교 출판부, 2000년).

회화나 조각의 감상과 다른가?   최장현

적 해석뿐만 아니라 일련의 정치적·사회적 상황에 대한 비유로서 전개될 수 있는 가능성을 보여 준다.

　물론, 블룸이 푸코와 네그리 등의 사상가들을 통해 전개한 이론이 모든 다중 채널 영상 작업에 적용될 수 있는 것은 아니다. 블룸이 지적하고 있는 다중 채널 작업 내에서의 관람객의 신체와 감각에 대한 조율은 푸코가 주창하고 있는 '통치성'과 관련된 처벌, 감시 등의 개념들과 접점을 가지고 있기에 이러한 주제 의식을 가지고 있는 작품에서는 효과적인 이론적 틀로 적용될 수 있지만, 현대 미술의 맥락 안에서 사용되고 있는 다중 채널의 다양한 어휘를 포괄적으로 고려하기에는 한계가 있다. 예컨대 에이미 시겔(1974년~)은 그녀의 대표작 「이력」(Provenance, 2013년)을 스크린의 전면에 영사한 뒤 항상 후면에 「품목 248」(Lot 248, 2013년)을 설치해서 전시하는데, 이는 작품이 가지고 있는 내부적인 논리에 의한 결정일 뿐 관람객의 정동적 경험을 작품의 일부로 상정하고 있는 작품의 구조와는 상이하다. 「이력」은 르코르뷔지에(1887~1965년)와 그의 사촌 피에르 잔느레(1896~1967년)가 설계한 인도의 행정 구역 도시 찬디가르의 역사가 식민주의적 사상과 신자유주의적 논리와 함께 얽혀 있는지 고려하기 위해, 예술 작품의 소유권 이력이 기록된 방식을 취하며 르코르뷔지에가 디자인한 의자를 좇는다. 작가는 이 의자를 갖고 있었던 이전 소유주의 화려한 거실과 유수의 경매 회사에서 전시되고 있는 모습, 공방에서 재정비되고 있는 상태와 찬디가르에 쌓여 있는 수많은 르코르뷔지에 의자를 역순행적 구성으로 비추면서, 이 의자가 일상적 오브제에서 수천만 원을 호가하는 명품 가구로서 자본 가치를 축적하는 과정을 암시한다. 반대로 「품목 248」은 작가가 「이력」 작업을 스스로 경매에 붙여 본인의 비디오 작업이 르코르뷔지에의 의자와 같이 미술 시장 내의 하나의 '상품'으로 전락하는 과정을 그리는데, 시겔은 각각의 작품을 동일한 스크린의 양면에 전시함으로서 신자유주의 사회에서 탈피할 수 없는 예술 작품의 양가적 측면을 드러내고 있다. 이러한 작품에서도 예의 능동적 관람의 방식은 유효하지만, 관람의 형태가 관람객의 정동적 반응을 이끌어 내 작품의 주제성을 전달하는 매체로 사용되지는 않기에, 감각의 무의식적 조율이라는 개념을 통해 슈타이얼 등의 작품과 함께 이론화하기는 어렵다.

영화학자 줄리아나 브루노는 소련의 영화감독이자 영화 평론가 세르게이 예이젠시테인(1898~1948년)의 에세이 「몽타주와 건축」(1937년경)을 통해, 영화의 이미지가 교차되고 병치되면서 구조화되는 편집의 과정인 몽타주와 건축물 안에 있는 다양한 구조물을 누비면서 시각적 정보를 받아들이는 경험을 연결 지어 생각하면서, 현대 미술의 맥락 안에서 제작되고 전시되는 다중 채널 영상 작업들에 대한 몇 안 되는 이론적인 접근을 발전시킨다.[8] 하지만 브루노가 이러한 이론적 배경을 제안했던, 현대 미술과 영상 예술의 '크로스오버'가 활발하게 이루어지고 있던 1990년대 후반부터 2000년대 초반의 시점 이후에, 영상 예술은 수많은 작가들의 표현 방식으로서 21세기 동시대 미술에서 가장 중요한 매체 중 하나로 자리 잡게 된다. 다중 채널만이 가진 관람객의 경험적 특징에 초점을 맞춰 이를

---

8. 세르게이 예이젠시테인(Sergei Eisenstein), 「몽타주와 건축」(Montage and Architecture), 『어셈블리지』(Assemblage) 10호(1989년). 브루노, 『공적 친밀함』 참조.

최장현

시각 예술의 역사에서 찾아볼 수 있는 일련의 예술적 시도와 결합하는 접근법은, 이러한 역사적 배경을 바탕으로 제작된 일련의 새로운 작업들을 연구하는 과정에서 핵심적인 측면이라고 볼 수 있다. 그리고 이러한 비평적 가능성은 '조율'이라는 개념을 통해 수렴한다. 대립하는 의견을 중재하고 서로 다른 일정을 맞추는 등의 행위를 설명하기 위해 일상생활에서 수도 없이 쓰이는 이 단어는 이러한 보편성 때문에 독립적인 예술사적 이론을 발전시키기에 지나치게 넓은 틀로 느껴질 수 있다. 하지만 조율이라는 개념이 가지고 있는 다양한 범주의 의미는 동시에 학제 간의 경계를 넘어 사용될 수 있으며, 다채널 영상 작품이 가지고 있는 공감각적 경험을 포괄적으로 다루면서 철학적·음악적 측면을 함축하고 있기도 한다. 신체와 감각의 조율을 요구하는 새로운 시각적 행위로서, 다중 채널 영상은 다양한 예술사적 실험과 현대 사회의 미디어 문화를 관통하는 매개로 자리 잡으며 그 역사적 의의를 공고히 하게 되는 것이다.

모든 손님 가운데 가장 불편한 존재[1]   박수지

자기 모순적 가정법에 대한 기이한 맹신

랑시에르가 비판적으로 밝히고자 했던 '예술의 정치'가 기인하
는 몇 가지 가정법을 번안하면 다음과 같다. 예술 작품에 정치
적 이미지를 표면화시키는 것만으로 관객에게 저항 혹은 반동
과 같은 의식을 심어 줄 수 있으리라는 기대감이다. 또한 그 가
정법은 예술 작품의 장소를 미술의 권위와 멀게 여겨지는 곳으
로 옮기는 것만으로도 관객을 감화시킬 수 있을 것이라는 믿음
이다. 또한 예술 작품이 제 스스로를 제도의 변두리에 있다고
명명하는 제스처만으로도—실제로 제도에 반하든 헌신하든
간에—그것의 예술적 가치를 확보할 수 있다는 공공연한 동의
가 있다는 가정이다.

1. 니체가 지금 살아 있다면, 그는 매일 울지 않았을까. 도처에 '심하게 채찍질당하는
늙은 말'이 널려 있기도 하거니와, 디오니소스적 행세를 하는 데에 그치는 아폴론적 문화의
촘촘한 거짓으로 점철된 세계에서 기이하게 팽창한 '도덕적 욕망'은 끝을 모르고 부풀어 오
르니 말이다. '진정한 예술가'의 디오니소스적인 동기에 의해 결정되는 미적 영역은 매일 신
속하게 쇠락해 간다. 그럼에도 끝까지 능동적으로 선택하겠다는 의지가 있다면, 이것이 허
무주의가 아니고 무엇이겠는가? "허무주의가 문 앞에 서 있다. 모든 손님들 중에서 가장 무
시무시한 이 손님은 어디로부터 우리에게 온 것인가?" 프리드리히 니체, 『유고(1885년 가을
~1887년 가을): 원래 나는 나를 어느 정도 나 자신에게서 보호해주고 외』, 니체 전집(KGW
VIII-1), 이진우 옮김(서울: 책세상, 2005년), 154, 2[127].

시간 예술의 감상은

이 가정법이 가장 널리 파생시킨 문제가 있다면, 예술가와 예술 매개자가 이 가정법을 맹신하고 있다는 것이 아닐까. 이 맹신에는 도무지 의심의 기색이라고는 찾아볼 수 없는데; 의심하는 순간 선과 정의에 동의하지 않는 '부르주아' 혹은 사회적으로 비가시화된 영역에 관한 공감 능력이 부족한 '엘리트 유미주의자'로 간주되는 탓이다. 사회적 대의를 간파하지 못할 뿐만 아니라, 예술가의 역할과 예술의 책무마저 저버린 채 '작고 좁은 미술에 갇힌 자'로 판명되는 탓이다.

그러나 이런 '올바른 예술 콤플렉스'보다 더 큰 문제는 따로 있다. 이 가정법이 전제하는 예술의 미적 가치가 예술가의 창조에 있는 것이 아니라, 관람자의 소극적 혹은 적극적 관조에 있다는 점이다. 관람자의 미적 경험을 주목하는 것으로서 미적 사유의 해방을 연결시키려는 일종의 '평등-민주주의적 예술관'이라고 불러 볼 수도 있겠다. 18세기에 횡행했던 이 미메시스 모델로서의 예술관이 당대의 미술에서 확보하고자 분투하는 당위는 어떻게 구성되어 있을까?

랑시에르는 비판적 예술의 토대가 되어 온 일련의 가정법에 '정치적 예술의 역설'이라며 비판을 가했다.[2] 그러나 그는 비판했던 '예술의 실효성 모델'을 '미학적 실효성'이라는 단어로 치환하는 데에 그친다. 지적 해방으로서의 사유를 관객에

---

2. 자크 랑시에르, 『해방된 관객』, 양창렬 옮김(서울: 현실문화, 2016년). 이 책 3장의 제목은 '정치적 예술의 역설'이다. 랑시에르는 해당 저서에서 "예술가가 서투르거나 수신인이 어쩔 수 없는 자라고 가정할 수 있을지 모르겠지만, 원인에서 효과로, 의도에서 결과로 가는 이행은 늘 명증한 것으로 상정된다. '예술의 정치'는 이렇게 기이한 정신 분열증에 의해 표식된다."(74)고 언급하며 비판적 예술이 기반하고 있는 곳이 자기 번복적인 언행을 지시하고 있음을 보여 준다.

게 이양시켜야 한다는 갑작스러운 주장을 보강하기 위해 선택한 예술 작품의 해석과 비평은, 오히려 '감각적인 것의 나눔'(le partage du sensible)을 시혜적인 차원으로 끌어내렸다. 그가 언술하는 '재분배'의 논리가 예술의 재현적 체계의 당위에 집착한 나머지, 정작 예술 작품의 '감각적인 것'에 대한 파악은 곤궁해진 셈이다.

랑시에르는 (아폴론적 세계관을 가진 대부분의 서구 철학자들과 마찬가지로) 예술에 '무관심'한 채, 창작자와 관객 사이에서 발생하는 '불일치'가 미학적 실효성의 요체임을 공허하게 주장한다. 궁극적으로 '비판적 예술'의 효용에 대한 (예견된 기대가 아닌 불명확한) 기대를 상정해 놓고 출발하는 랑시에르의 논의는 그래서 '비예술적'인 것이 아닐까. 예술 작품이 그저 관객이 세계를 '제대로' 읽어 낼 수 있도록 작가가 배치한 감각적 기호에 그치는 것이 아니라면, 예술가가 관객이 특정한 방식으로 기호화된 상황에 개입하도록 견인하는 '엘리트'인 게 아니라면, 도대체 '효과'에 대한 '기대'라는 것은 어떻게 가능한가? 아무리 그 '효과'가 관계를 고정하지 않아야 하고, 예측 불가능해야 하며, 불일치에 관대한 것이어야 한다고 수식하더라도 말이다.

관객의 주관적 해석을 미적 사유와 동일시한다는 점 역시 미적 경험의 차원에서 사유의 책임을 예술가에게서 관객으로 떠넘기는 셈이 되어 버린다. 랑시에르는 합의라는 동시대의 주요 문제 해결 방식이 교란하는 예술의 정치를 스스로 문제 삼지만, 애초에 합의가 예술의 비판 능력을 상실시킨다는 진단이 비예술적인 것은 아닌가? 랑시에르가 대체로 옹호해 왔던 예술의 재정치화의 시도들은 들뢰즈와 가타리가 이야기한 재현으로서의 의견과 판단의 상태를 결코 벗어났던 적이 없었던 것은 아닌가? 이것은 일종의 예술적 사유의 후퇴이자 재난 아닌가? 미학적 체제의 자율화를 예술가에게서 관객으로 넘겨 버리는 데에 일조하는 과정에서 혹시 지금과 같은 반응형의 예술 작품이 주류를 이루게 된 것은 아닐까? 적어도 랑시에르는 아직 그가 이야기한 '미학적 전복'에 합당히 들어맞는 작품을 본 적이 없을 것이다.

차이 없음

랑시에르는 '예술의 정치'를 재발견하고자 '교착'을 언급했다.[3] 그러나 "예술의 형태와 정치의 형태가 서로 직접 동일시되길 바라는 윤리적 논리"는 과연 미학적 논리와 나란히 섞일 수 있는 종류의 것일까? 특정한 목적을 지니고 재현 혹은 허구를 구성한 예술 작품이 제공하는 소격 효과는 윤리적 논리와 미학적 논리의 아름다운 결합이라고 봐야 하는 것인가?

하루하루 공포가 누적되는 시대, 적당한 상식과 정의로움은 적당한 도덕감을 조장한다. 적당한 도덕감은 윤리적 소비를 칭찬하고, 이에 발맞춰 윤리적 소비를 부추기는 적당한 상품들이 등장한다. 적당하게 충족된 수요와 공급의 균

3. "미학적 경험 형태의 논리, 허구 작업의 논리, 메타 정치적 전략의 논리의 교착으로 이루어지며, 이 교착은 재현을 통해 효과를 산출하길 바라는 재현적 논리, 재현적 목적을 중지시킴으로써 효과를 산출하는 미학적 논리, 예술의 형태와 정치의 형태가 서로 직접 동일시되길 바라는 윤리적 논리 사이의 독특하고 모순적인 엮임을 함축한다." 랑시에르, 『해방된 관객』, 94.

박수지

형은 마치 어떤 지속성을 약속해 주는 것만 같다. 게다가 적당한 윤리 의식으로 포장하지 않으면 소비 당위성, 소비 우월감, 소비 노출 욕구를 줄 수 없다.

하루하루 공포가 누적되는 시대, 적당한 미감과 정의로움은 적당한 도덕감을 조장한다. 적당한 도덕감은 윤리적 예술을 칭찬하고, 이에 발맞춰 윤리적 예술을 부추기는 적당한 해석과 기획이 등장한다. 적당하게 충족된 수요와 공급의 균형은 마치 어떤 지속성을 약속해 주는 것만 같다. 게다가 적당한 윤리 의식을 드러내지 않으면 전시의 당대적 당위성, 전시의 필요성을 획득할 수 없다.

두 문단에는 아무런 차이가 없다.[4] 두 문단 사이의 차이 없음은 일종의 재현적 미메시스로, 예술에 있어서 사유 실종의 상태를 반증한다. '소비 민주주의' 같은 괴상한 단어는 예술의 장에서 가장 주요하고 평화롭게 정착했다. 예술은 '윤리적인 내용'을 수용하고, 그것에 반응한다. 심지어는 인정을 쟁취하기 위한 즉각적인 요구 수용력과 개인의 의식보다 상위에 있는 경제 법칙 안에서 작동하는 것을 새로움이라고 부르는 지경에 이르렀다.[5] 그러니 예술에 있어 믿을거리를 찾는 이들은 극단적인 선택에 내몰린다. 이것 아니면 저것 외의 선택지는 그려 볼 수 없

4. 들뢰즈가 "예술 작품에서 드러나는 본질이란 무엇인가? 그것은 차이, 궁극적이고 절대적인 차이이다"라고 했을 때, 차이란 본질을 주창하기 위해 언급되는 것이 아니라, 강도의 정동을 드러내기 위한 역능이다. 질 들뢰즈, 『프루스트와 기호들』, 서동욱·이충민 옮김(서울: 민음사, 2004년), 53.

5. 보리스 그로이스, 『새로움에 대하여』, 김남시 옮김(서울: 현실문화, 2017년).

다. '절대적인 정의로움'을 의심하는 자는 당장 윤리 판옵티콘으로 직행해야 한다.

한편 두 문단에는 공통점이 있다. 여기서 미학과 사회학은 동의어다. 진정성은 그것의 존재 자체로 확보되지 못하고 타인과 형성하는 관계 안에서 어떤 맥락을 만들어 내는가를 통해서만 드러날 수 있다고 주장한다.[6] 예술적 모더니즘이 설파했던 진정성은 사회적 존재로서 당위를 항변하는 사회학적 진정성과 순식간에 결합했다. 흥미롭게도 예술이라는 문제를 본격적으로 다루기 위해 미학의 파괴를 시급한 과제로 여기는 이들조차 예술의 내용을 정의하는 데는 사회학과 구분하지 못한다.[7] 심지어 레디메이드와 팝아트를 내용 없음으로 규정하고 이것이 니힐리즘과 관계 맺는 미학적 필연성이라고 주장한다. 애초에 미학 자체를 18세기 말에 시작된 지각 양식, 이해 가능성의 형식과 관련된 짜임/편성의 한 요소일 뿐, 예술은 사회/경제적 구조와 연관 짓지 않으면 존재할 수 없는 것이라고 규정한다.[8]

예술 작품이 예술 인간의 제작 행위(poiesis)와 실천적 지식(praxis)으로 이루어지는 것이라 할지라도, 미학과 사회학을 동일시할 수 없다는 점을 납득하지 못한다면 다음에 이어지는 추상에 관한 논의는 독해하기 곤란할지도 모른다.

6. 피에르 부르디외, 『구별짓기』, 최종철 옮김(서울: 새물결, 2005년).
7. 조르조 아감벤, 『내용 없는 인간』, 윤병언 옮김(서울: 자음과 모음, 2017년).
8. 랑시에르, 『해방된 관객』 참조.

박수지

추상은 형식주의의 문제?

"이 글은 너무 추상적이어서 이해가 잘 안 돼"라는 문장에는 '너무'라는 부사가 들어간다. 이 부사는 꽤 오랫동안 용언을 부정적으로 한정하는 뜻으로 사용되었다. "정말 추상적이군요!"는 아직까지도 왠지 어색하다. 표준국어대사전에 쓰인 추상(抽象)은 "여러 가지 사물이나 개념에서 공통되는 특성이나 속성을 추출하여 파악하는 작용"을 뜻한다. 반면 옥스퍼드 영어 사전에서는 추상(abstract)을 "물리적, 구체적 실체 없이 생각으로서 존재하는" 특질로 정의한다.[9]

그렇다면 이토록 중립적인 '추상'이라는 말이 무엇을 함의하기에 이토록 자연스럽게 부정적 표현으로 자리 잡게 되었을까? 이것은 어쩌면 추상의 미술사적 출발과도 관련된 것은 아닐까. 거의 모든 미술사는 추상을 '구상'이라고 부르던 것의 부정 혹은 환영적 재현으로부터의 거리두기로 일컬어 왔다. 즉 추상은 이미 '~이 아닌'이라는 의미가 내포된 채로 태어난 셈이다. 추상이 애초에 함의하고 있는 부정성, 이것은 어쩌면 이 글에서 밝힐 가장 희망적인 이야기가 되지 않을까.

"당신의 태도는 너무 형식적이에요"라는 문장에도 '너무'라는 부사가 들어간다. 이 부사는 꽤 오랫동안 용언을 부정적으로 한정하는 뜻으로 사용되었다. "정말 형식적이군요!"는 아직도 왠지 어색하다. 표준국어대사전에 쓰인 형식(形式)은 "1) 사물이 외부로 나타나 보이는 모양 2) 일정한 절차나 양식 또는 한 무리의 사물을 특징짓는 데에 공통적으로 갖춘 모양

9. 오민, 『부재자, 참석자, 초청자』(서울/용인: 작업실유령, 2020년), 108 각주 31 재인용.

모든 손님 가용세에 영락에때쟀를함께 보는 것은　　　　109

3) 다양한 요소를 총괄하는 통일 원리 4) 시간, 공간, 범주 따위와 같이 사상을 성립하게 하는 선험적인 조건" 등을 의미한다. 이와 비슷하게 옥스퍼드 영어 사전은 형식(form)을 "1) 눈에 보이는 모양 혹은 사물의 유형 또는 종류로 일컬을 수 있는 형태 2) 여러 가지 양태로 드러날 수 있는 무언가가 발생하거나 존재하는 특정한 방식 3) 명확하게 인지할 수 없거나 혹은 명확하게 인지될 때 모두 참조할 수 있는 것" 등으로 정의한다.

그렇다면 이토록 중립적인 '형식'이라는 말이 무엇을 함의하기에 이토록 자연스럽게 부정적 표현으로 자리 잡게 되었을까? 이것은 어쩌면 '껍데기일 뿐인 형식'이 '정말 중요한 내용'을 외면한다는 생각과 관련된 것은 아닐까. 그러나 사실 예술에 있어 형식이 내용인 것이라면? 형식 없는 내용은 있을 수 없다면? 애초에 미적인 것에 있어서 형식이 내용을 무시할 수 있는 관계가 아니라면, 우리는 이제 추상과 형식에 대해서 새롭게 이야기를 나눠 볼 수 있는 것일까?

스벤 뤼티켄의 논고 「선(先)설계의 수행: 역사적 형식주의를 위한 요소들」에 등장하는 '실제 추상'(real abstraction)은 자본주의 사회 구성원들이 공유하는 교환 체제 안에서 발생하는 '사회적 형식'(social form)을 지시한다.[10] 작가 양혜규는 2009년 발간된 카탈로그에서 추상은 구상의 반대가 아니라 '배운 것을 버리는'(unlearn) 과정이라고 설명했다.[11] 10여 년

10. 스벤 뤼티켄(Sven Lütticken), 「선(先)설계의 수행: 역사적 형식주의를 위한 요소들」(Performing Preformations: Elements for a Historical Formalism), 『이플럭스 저널』(e-flux journal) 110호(2020년 6월).

11. 양혜규, 『절대적인 것에 대한 열망이 생성하는 멜랑콜리』(서울: 현실문화 / 사무소, 2009년), 152.

뒤 양혜규는 『프리즈』 인터뷰에서 "추상은 환원주의적이거나 단순화된 사고방식을 일컫는 것이 아니다. 이것은 일종의 도약이다. 이해 불가능한 차원으로의 도약"이라고 말한다.[12]

위의 문장들만 보더라도 형상 묘사 / 현실 재현과의 의도적인 결별이었던 20세기 초의 추상 미술의 역사적 맥락은 이미 오래된 과거의 것으로 보인다. 더 이상 추상을 형식주의자들의 전유물로 볼 수 없다는 것이다. 그렇다면 니체가 서양 철학의 지배적인 질문 방식 '진리란 무엇인가?'를 '진리가 어떤 의미와 가치를 가지며, 어떤 의지로 진리를 알고자 하는가?'로 바꾼 것처럼, '추상이란 무엇인가?'라는 질문을 '추상이란 어떻게 구성되는가?'로 바꿔 보면 어떨까.

추상 미술은 유토피아니즘의 문제?

미술사학자 윤난지는 추상 미술에 관한 20여 년간의 추적을 풀어낸 책 『추상 미술과 유토피아』에서 "20세기 미술이 발명한 것은 추상 미술이라기보다 '추상 미술'이라는 이름이다"라는 흥미로운 프롤로그를 썼다.[13] 추상성은 예술의 본성과도 같은 속성이며, 추상성을 추구하는 일 자체가 일종의 '예술 유토피아'를 지향하는 일과 흡사해진다는 견해다. 결국 예술이란 근본적으로 그것의 모더니즘적 속성을 놓칠 수 없는 것임을 역설한다는 점에서 깊이 공감되지만, 예술을 위한 예술이 '유토피아'와 같은 원천적 부재와 결핍을 안고 있다고 고백하는 일

12. 양혜규(Yang Haegue), 「나의 영향들: 양혜규」(My Influences: Haegue Yang), 『프리즈』(Frieze) 192호(2018년 1·2월), 136.
13. 윤난지, 『추상 미술과 유토피아』(파주: 한길아트, 2011년), 7.

이기도 하다는 점에서 갸우뚱거리게 된다. '예술을 위한 예술의 사회적/역사적 맥락을 밝히기 위해' 펼쳤던 그의 논의가, '20세기 추상 미술가'의 작품에서 유토피아적 충동을 읽어 내는 데에 그친 것은 아닌가? 이로써 추상성에 대한 이해가 고대 그리스 때부터 있어 왔고, 다만 '추상 미술'이라는 단어가 20세기에 발명되었을 뿐이라는 미학적 추적의 출발이, 추상 미술은 20세기 이후의 것이며, 추상 미술에 사회적, 시대적 맥락에 의거한 '자폐적-유토피아' 속성이 있다고 증언하는 일이 되어 버린 것은 아닌가?

그렇다면 정말 추상은 20세기의 순진하고도 열정적인 예술 근본주의자들의 산물에 그칠 뿐인가? 지금까지도 계속 창작되고, 자신을 '추상 미술'로 일컫는 예술 작품들에 대해서 우리는 여전히 예술 유토피아적 잣대를 들이대는 것이 최선인가? 대관절 예술 유토피아란 무엇인가? 당대의 유토피아와 디스토피아는 어떻게 구별되는가? 그렇나번 위기, 종말, 멸종, 아포칼립스, 재앙이 쉴 새 없이 등장하는 지금의 세계에서 '재현'을 선택한다는 것은 무엇을 뜻하게 되는가?

추상 미술은 회화와 조각의 문제?

칸딘스키, 말레비치, 몬드리안이 추상 미술의 선구자임을 앞다투던 시기는 스웨덴의 예술가 힐마 아프 클린트가 추상 미술을 시작한 지 이미 10여 년이 지났을 때였다. 그녀는 평생을 '보이지 않는 것'을 그려 내는 데 심취했다. 러시아의 신비주의자이자 수학자 우스펜스키는 『제3의 규범』(Tertium Organum, 1912년)에서 "우리의 삶이 가시적 측면에 의해 고갈되지 않는

박수지

다는 것, 그리고 가시적인 것 너머에 완전히 비가시적인 세계, 즉 현재 우리의 이해를 넘어선 이해력과 관계들의 세계가 놓여 있다는 것을 '알고' 접근한다면, 삶은 우리에게 새롭고 예기치 못했던 것들을 무한히 드러낼 것이다. 보이지 않는 세계에 있는 존재에 대한 '지식'이 그 첫 번째 열쇠이다"라고 언급했다.[14] 그의 영향을 많이 받았던 절대주의의 창안자 카지미르 말레비치는 『비대상적 세계』(The Non-Objective World, 1926년)라는 책을 쓰기도 했다. 기욤 아폴리네르가 고안한 '순수 회화'라든가, 데 스테일 그룹의 미술가와 건축가, 피트 몬드리안이 자신의 양식을 명명한 신조형주의, 1930년대 초반 『추상-창조』(Abstraction-Création)라는 연감을 중심으로 파리를 근거지로 둔 미술가 그룹도 있었다.

추상과 '보이지 않는 세계'의 관계는 긴밀했다. 르네상스 이후 한 점 원근법이 지배했던 재현의 강령을 뒤안길로 하고, 독창성이나 형식주의 같은 모더니즘의 가치와 '미술을 위한 미술'을 시각화시킨 추상 미술의 조형에 있어 형식의 문제는 중요할 수밖에 없었다. 더불어 당시의 재료와 매체의 문제와 결합해 추상은 대체로 회화 아니면 조각에서의 표현의 방법론에 관한 문제로 일컬어져 왔던 것도 사실이다. 추상과 상품으로서의 오브제가 결합된 미니멀리즘 역시 매체의 구분에 있어서 큰 확장을 보였던 것은 아니었다.

그렇다면 추상은 여전히 회화와 조각의 문제일까? 그렇지 않다면 오늘날 더욱 보편화된 영상 매체에도 추상 미술의 이름을 붙일 수 있어야 한다고 주장하는 것은 세련된 일이 될까? 자

14. 멜 구딩, 『추상 미술』, 정무정 옮김(파주: 열화당, 2003년), 17에서 재인용.

연 과학과 생명 과학, 기술과 인공 지능의 급진적 계기들의 부산물에 그치지 않는 것 같은 지금의 예술 미디어와 추상 미술 간의 계보를 연결 짓기에는 예술이 너무나 쉽게 빈약한 위치에 서게 되는 것은 아닐까? '모든' 구상 미술은 최초 관찰의 단계에서부터 '추상적'이라고 했을 때, 이제 동시대의 추상은 예술 작품 안에서 어떻게 현시되고 있을까?

증상 혹은 징후: 살과 돌 그리고 바퀴

추상은 사회 운동과 예술을 구분하지 못하는 이들의 주장처럼 현실의 고통을 외면한 채 아름다움과 예술 내부로 도피해 자위하는 일이 아니며, 폐기된 모더니즘의 사생아로 역사화되는 것에 그칠 일이 아니다. 예술의 체계가 스스로 내포한 운동성에 의해 알에서 깨어나듯, 추상성의 개념 역시 이미 확장되었다.

추상에 있는 것과 추상에 없는 것은 무엇인가? 무엇보다 추상에는 원근법이 없다. 추상에는 거리가 없다. 재현과 환영은 없되 가상(appearance)은 있다. 추상에는 예술의 도구화와 세계의 대상화가 없다. 추상에는 모방이 없다. 추상에는 상상력과 구상력이 있다. 추상에는 구성이 있다. 추상에는 시간과 공간이 있다. 추상에는 (무엇으로 정의하느냐에 따라 다르겠지만) 서사가 있다. 추상 미술사에서 큐비즘은 추상 미술의 부모라고 알려져 왔지만, 사실 예술에 있어 추상은 인류 자체다. 그러나 예술 인간이 오랜 기간에 걸쳐 쌓아 온 추상 능력이 급격히 빠져나가는 징후들이 발견된다. 동시대 추상의 흔적을 찾기 곤란하게 하는 다음의 세 가지 요소는 어쩌면 손실된 추상 능력의 지표와도 같은 것일지 모른다.

박수지

아마도 오늘날 전시장에서 가장 자주 볼 수 있는 것은 살과 돌 그리고 바퀴가 아닐까. 이들은 어째서 이렇게 급격하게 예술 작품의 상연장으로 대거 소환되었을까? 이것은 필연적인 도착인가, 유행을 수용하되 약간의 개성을 주는 적당한 예술의 증표일까? 대체 살과 돌 그리고 바퀴란 어떤 의지를 통해 등장하고 있으며, 이 등장은 무엇의 바로미터일 수 있을까?

1960년대 전시장에 등장했던 아티스트의 신체는 미술의 재료로서 강력한 진정성과 독창성을 확보했다. 이 신체들이 수행해 왔던 것은 개념이나 상황을 행위를 통해 구성하는 라이브니스(liveness) 자체이기도, 시장 논리에 포섭되지 않고자 하는 예술적 저항이기도 했다. 그러나 지금 전시장에는 공연 예술에 훈련된 신체가 단순히 '살'을 등장시키기 위해, 혹은 등장한 살의 움직임이 있다면 첨언할 수 있는 갖은 개념들이 있기 때문에 소환되는 것처럼 보인다. 그 살이 관객의 신체일 경우 가장 쉽게 살을 제공받으면서도 예술적 효용의 당위를 확보하는 주요한 장치가 된다. 이렇게 등장하는 살은 나르시시즘으로 해석되는 예술가의 신체를[15] 이제는 부끄럽게 생각하기 때문에 설정한 대리물인 것일까? 예술가의 역할이 창작자(creator)에서 연출가(director)로 바뀌었다는 데에 동의하기 때문일까? 쏟아지는 감각 재료의 홍수에서 고유함을 확보하지 못하는 데에 위기를 느끼는 미술이 스스로를 보완하기 위한 지푸라기 같은 전략일까? 이러한 살의 대상화는 살의 추상화와 반비례하고 있는 것이 아닌가?

15. 로절린드 크라우스(Rosalind Krauss), 「비디오: 나르시시즘의 미학」(Video: The Aesthetics of Narcissism), 『옥토버』(October), 1권(1976년 봄), 50-64.

메를로퐁티는 다수의 미술가와 공연 예술가가 애용하는 인용처일 것이다. 그는 세계 내 존재와 세계로 열린 존재를 총체적으로 인식하는 현상학적 접근을 위해 '살'을 이야기했지만, 전시장에 등장하는 '살'에서는 잦은 인용처에 대한 해석조차 발견하기 어렵다. 지금 목격해야만 하는 '살'은 노출증과 포르노의 연장이며, 사유 없음을 부정 불가능한 신체(살)로 포장하기 위한 소모품에 가깝다. 즉, 지금 전시장에 등장하는 재현 자체로서 살, 대상 자체로서 살에는 '추상'의 자리는 없어 보인다. 오늘날 전시장에서 마주할 수 있는 신체는 체화(embodiment)로서의 존재, 체화로서의 사유가 아니라 사유를 제한하거나 경험을 강제하는 수단으로서의 신체인 셈이다. 체화가 세계에 대한 경험으로부터 비롯되는 지각이라면, 지금의 신체들로부터 발견되는 감각적 경험에는 사유를 제한하는 닫힌 살점뿐이다. 여기서의 신체는 재료도 형식도 그것의 구성도 아닌, 추상을 배제한 실체 자체로 있을 뿐이다.

릴케의 산문 「돌에 귀 기울이는 사람」(Von einem, der die Steine belauscht)에서 미켈란젤로는 돌 속에 갇혀 신음하는 신의 음성을 듣고 끌과 망치로 돌을 쪼아 신의 형상을 드러내어 신을 해방시켰다. 이렇게 신과 진리를 드러내던 돌의 위상은 최근 들어 다른 노선을 취한 듯하다. 미술계의 관심이 제3세계, 디아스포라에서 에코-페미니즘과 인류세로 옮겨 가는 와중에, (어쩌면 일련의 변화와 은밀한 상관관계로) 전시장에서 쉽게 볼 수 있는 것 중 하나가 돌이다. 누군가는 돌을 사진 찍고, 누군가는 돌 같은 재료를 만들고, 누군가는 돌을 둘러싼 인류의 갖은 극복과 의식을 연구하고, 누군가는 돌의 지구 과학적 발생을 연구하고, 누군가는 돌을 전시장에 옮겨 놓고, 누군가는 돌을 관찰하는 워크숍을 만들고, 누군가는 기암괴석을 그린다.

아무튼 돌은 무언가를 은유하기 위해서든 그것 자체로 갖는 힘에 대해 역설하기 위해서든 지금 여기의 전시장에 등장한다. 돌은 마치 살과 같다. 고유하고 부정하기 어렵다는 점에서 그렇다. 돌은 원천적으로 인공물이 되기 곤란한 자격을 갖추었기 때문이다. 여기서 돌은 후기 자본주의에서 상품으로 바뀐 예술 작품 자체다. 자연의 돌은 생산된 사물이 되었으며, 돌에 부여된 명확한 목적인 상징과 그 부산물이 돌의 유일한 사용 가치로 변모된다. 이 돌은 일종의 의미-화폐인 셈이다.[16] 아도르노의 말을 빌리자면, 돌을 둘러싼 일련의 상황에서 예술가와 관객은 수동적이고, 정치적으로 무관심(apathetic)하며, 객체화(objectified)된다. 돌은 마치 '문화 산업'처럼 환상을 제공하는 물화된 장치가 되어 버렸다. 이렇게 모든 것을 물화시키는 미술가의 선택이 증상으로서의 '추상 결핍'인 것은 아닌가?

한편 아마도 세상에서 가장 무력하고, 운동 불가능한 바퀴가 있다면 그것은 전시장 안의 바퀴가 아닐까. 이제 미술가들은 거의 모든 것에 바퀴를 부착하기 시작했다. 아무도 명확한 이유를 찾으려 들지 않지만, 바퀴 달린 예술 작품은 괜히 근사해 보인다. 바퀴 달린 조각은 이동을 위한 것이라기보다, 바퀴가 달린 채 전시되는 것이 목적이기 때문에 전시장에 아무런

16. '추상화된 삶의 양식(real abstration)이 삶을 구체화시킨다(concrete abstraction)'는 논의를 펼친 뤼티켄에게는 교환 체계의 의미-화폐인 돌이 완전한 추상의 상징일 수도 있겠다.

흔적을 남기지 않는다. 획기적인 레디메이드의 아이디어를 오마주하는 것이 아니라면, 조각에 (아직 발생하지 않은) 운동성을 부여한다고 말하는 것에서 그칠 것이 아니라면, 도대체 이 많은 바퀴는 왜 등장하고 있는가?

바퀴는 분명히 보이되, 그 쓰임을 전혀 찾을 수 없다는 점에서, 어떤 포기를 내포한 요소가 된다. 이것은 단순히 바퀴의 의미 결여가 문제라기보다, 상호 참조라는 미명하에 막연한 모방이 난무하는 상황 자체의 '추상 없음'이다. 타인의 아이디어나 재료는 레디메이드로 만들 수 없다는 점을 알면서도, 아무런 수치심 없이 아이디어를 '재현'하는 데에 또 다른 절실한 이유라도 있는 것일까? 결국 바퀴 달린 조각, 바퀴를 집어넣은 조각은 아무런 의미의 형식도 나르지 않는다. 따라 하면서 얻는 안도감은 비판적 사유를 재난의 수준으로 순식간에 끌어당긴다. 수메르 문명이 발명한 최초의 바퀴가 인류 문명의 발달을 이끈 것처럼, 바퀴는 어쩌면 예술미의 출발과 함께했던 운명인지도 모른다. 그러나 이제 물질문명이 자연으로 불릴 수 있는 거의 모든 것을 손쉽게 파괴하듯, 바퀴는 훼손되어 가는 예술가의 비평적 창조를 단적으로 드러낸다.

추상은 어떤 의지와 힘으로 나타나는가?

이미 너무 많은 용어가 발명과 재발명을 거듭했기 때문에 생기는 어쩔 수 없는 무력감을 이겨 내고도 이 글을 쓸 수 있는 이유는 아무래도 '추상'의 발명과 그 갱신이 불충분하다는 예단 때문일 것이다. 들뢰즈의 말마따나 "용어란 때로는 새로운 단어들을 사용하는 것이거나 보통의 단어들에 대한 기이한 평가를

박수지

함축하는 것"이라고 한다면,[17] 추상 개념을 가늠하는 방향은 새롭게 제안될 필요가 있다.

아도르노 사후 1년 뒤에 출간된 『미학 이론』(Asthetische Theorie, 1970년)은 다음과 같은 문장으로 시작한다. "예술에 관한 한 이제는 아무것도 자명한 것이 없다는 사실이 자명해졌다." 그가 파악했던 자명성의 상실이란 예술에 있어서 그가 그나마 희망적인 요소로 여겼던 '자율성'을 예술가가 앞장서서 무의미하게 만드는 장면을 목격한 뒤의 무력감에 대한 서술과도 같다. 그간 몇몇 철학자, 예술 이론가, 평론가들 역시 문화 산업 이후의 예술에 대한 부정적 혹은 긍정적 예언을 해 왔지만, 아도르노의 예견은 그중 가장 뿌리 깊은 비관론에 가깝다. 흥미롭게도 그가 발견했던 무력감은 2021년에도 이어진다. 지금의 미술은 문화 산업과의 자본력 차이 때문이 아니더라도 쪼그라든 지 오래다. 희한하게도 자율성의 집약체일 것 같은 '다원주의'라는 용어는 예술의 자율성을 자발적으로 훼손시키는 결과를 낳았다. 모더니즘의 세계관이 약속한 것이 거짓이었다며 재빨리 실망을 표명한 예술가와 비평가들은 세계의 발생적 상황들에 집중하기 시작했다.

더 이상 문화 산업과 순수 예술을 구별하는 일은 무의미할지도 모른다. 심지어 어떤 이들은 문화 산업이라는 단어와 순수 예술이라는 단어조차 낡았다고 주장한다. 아도르노의 진단이기도 했던 문화 산업이 제공하는 환상적 쾌락(illusory pleasure)은 지금의 재현적 미술이 생산하는 전략과 흡사하다. 이

17. 아르노 빌라니·로베르트 싸소 엮음, 『들뢰즈 개념어 사전』, 신지영 옮김(서울: 갈무리, 2012년), 15에서 재인용.

것은 예술가 당사자의 사적 이해에 더해 대중을 더 나은 윤리와 정의로 견인한다는 교묘한 교조주의를 동반한다. 아도르노의 파시즘에 대한 분노는 미적 형태 안에서 '진리 내용'을 지시하는 저항의 장(site)으로서 예술의 자율성을 옹호하는 것이지, 구체적인 사회 투쟁에 예술이 개입하자는 것이 아니었다. 아도르노는 재현적이거나 모방적인 예술의 함정을[18] 피할 뿐 아니라, 예술이 '실재의 모방이 아니라 실재의 근본적 타자(radical other)임'을 강조하기 위해서 추상 예술을 옹호했다. "예술 작품의 진리는 개념과 동일하지 않은 것 혹은 개념에 비추어 볼 때 우연적인 것을 작품이 자체의 내재적 필연성 속에 흡수해 들일 수 있느냐에 달려 있다. 예술 작품의 합목적성은 비합목적적인 요인을 필요로 한다. 이로 인해 예술 작품 자체의 일관성은 환상적인 것으로 된다. 이런 점에서 가상은 예술 작품의 논리이다."[19] 어쩌면 추상은 진리 내용을 지시하는 미적 가상(aesthetic appearance)으로서 예술의 자율성을 회복시킬 마지막 구원과도 같은 것은 아닐까?

이제 추상은 구상의 반의어도 아니고, 회화/조각만의 문제도 아니며, 사회주의 유토피아의 문제도 아니고, 예술의 현실 참여와 자폐적 유미주의 사이의 대립 문제도 아니다. 추상은 오히려 예술의 완성도, 즉 특질과 소양의 문제다. 예술을 가르칠 수 있는 것이 아니듯, 추상은 모더니즘의 형식주의 모델에서 말하듯 그린버그식 방법론에 그치는 것일 수 없다. 20세기

18. 예술이 구체적인 사회 투쟁에 개입할 때 그것은 쉽게 프로파간다가 되거나 설상가상으로 상품이 되어 버린다. 티셔츠도, 텀블러도, 벽지도 되는 체 게바라 이미지는 대표적인 예가 아닐까.

19. 테어도어 아도르노, 『미학 이론』, 홍승용 옮김(서울: 문학과지성사, 1994년), 165.

박수지

초의 러시아 아방가르드는 신비주의, 신지학, 우주적 차원의 정신의 영향을 받았지만, 지금의 추상은 반성적/비평적 사유로부터 발견/도출 가능한 내재적/외재적 형식이다. 추상이란 예술가의 사유라는 것이 존재함을 증거하는 것이며, 이 사유가 재현이라는 사유 불충분 상태에 비평적일 수 있다는 점이며, 이 비평이 끝없는 의심으로 이루어져 있다는 것을 반증하는 일이다. 전적으로 예술은 이제 다시 예술 인간의 문제여야 하며, 그것을 가동시키기 위한 사유의 총체로서의 추상이 요구된다. 그러나 지금의 미술계는 재현의 파생 상품으로 이루어진 세계다. 이 파생 상품으로 이윤을 남기려면 단 하나의 조건이 있는데 '추상적 시간'을 최소화해야 한다는 것이다. 그런 점에서 오늘날 "포이에시스와 아이스테시스의 관계가 정해져 있다고 전제하는"[20] 재현 체제는 그것의 추상적 특질의 수준을 전(前)미학적인 것으로 봐야 하는지도 모른다. 눈앞의 종말을 시한부로 두고 있을 때 우리는 되는 대로 차악을 선택할 것인가? 믿음이 불가능해진 시대에, 추상이 심화될 수 있을까? 가장 극단적인 도덕 경험은 정치적 올바름이 아니라 예술에 있어서의 추상 지향이어야 하는 것은 아닐까?

"그 무엇보다도 예술인을 위한, 예술인만을 위한 예술이어야 한다!"[21]

    20. 랑시에르, 『해방된 관객』, 197.
    21. 프리드리히 니체, 『즐거운 지식』, 권영숙 옮김(서울: 청하, 1989년), 서문. 니체는 "현대인이란 단지 자연으로 추정되는 총체적 문화의 환영(illusion)으로 오인된 것(counterfeit)"이라고 말한다. 이때 니체에게 있어 미적 영역은 (진정한) 예술가의 디오니소스적인 동기에 의해 결정되는 것이지, 관람자의 참여, 소통, 매개에 의해 결정되는 것이 아니다.

어디에서 발생하나?

조선령: 미학 연구자, 기획자. 부산대학교 예술문화영상학과 부교수. 정신분석학과 후기 구조주의 철학을 이론적 토대로 미학, 현대 미술, 이미지/미디어 이론을 연구한다. 『라캉과 미술』, 『이미지 장치 이론』 두 권의 책을 썼으며, 현대 미술 연구자로는 주로 비디오 아트, 사운드 아트, 퍼포먼스, 이미지 아카이브 등에 대한 논문과 에세이를 썼다. 부산시립미술관, 아트 스페이스 풀, 백남준아트센터에서 일했으며, 2010년 이후 독립 기획자로 활동하고 있다. 기획자로는 사회적 장과 예술적 장의 생산적 만남을 주요 주제로 삼아 왔으며, 영상 작품 큐레이팅 방법론에 관심을 가지고 있다. 최근의 큐레토리얼 프로젝트로는 『무용수들』, 『알레고리, 사물들, 기억술』, 『떠도는 영상들의 연대기』, 낭독 퍼포먼스 『창백한 푸른 점』 등이 있다.

남수영: 영화 이론 및 미디어 연구자. 한국예술종합학교 영상이론과 교수. 서울대학교, 워싱턴 주립대학교, 시카고 대학교 등에서 수학하였고, 뉴욕 대학교에서 비교 문학으로 박사 학위를 받았다. 현대 비평 이론과 시지각의 현상학에 이론적 관심을 두고 연구해 오고 있다. 저서 『이미지 시대의 역사 기억: 다큐멘터리, 전복을 위한 반복』은 2010년 대한민국 학술원 우수

학술도서로 선정된 바 있으며, 2017년에는 우호인문학상을 수상하기도 하였다. 최근 연구로 「몸-짓, 영화의 논리: 환영적 신체에서 '매체로서의 신체' 개념으로」, 「사라진 매체: 암호, 또는 '가시적인 것'의 비밀」, 「영화 이미지의 인용 불가능성, 또는 어떻게 '콧수염'은 신화가 되었는가」, 「거짓으로서의 영화: 영화의 매체 특정성에 대한 고찰」, 그리고 『텍스트 테크놀로지 모빌리티』(공저) 등이 있다.

신예슬: 음악 비평가. 헤테로포니 동인. 동시대 음악에 관한 호기심으로부터 비평적 글쓰기를 시작했다. 서울대학교에서 음악학을 공부했고, 음악을 기록하고 되살리는 매체에 대한 관심을 바탕으로 『음악의 사물들: 악보, 자동 악기, 음반』을 썼다. 2013 객석예술평론상과 2014 화음평론상을 받았고, 비평지 『오늘의 작곡가 오늘의 작품』 편집 위원, 음속 허구(sonic fiction) 연구 모임의 일원으로 활동하고 있다.

오민: 예술가. 시간을 둘러싼 물질과 추상적 사유의 경계 및 상호 작용을 연구한다. 주로 미술, 음악, 무용의 교차점, 그리고 시간 기반 설치와 라이브 퍼포먼스가 만나는 접점에서 신체가 시간을 감각하고 운용하고 소비하고 또 발생시키는 방식을 주시한다. 서울대학교와 예일 대학교에서 피아노 연주와 그래픽 디자인을 공부했으며, 그의 작업은 국립현대미술관(서울 2021년, 과천 2018·2014년), 수원시립미술관(2021·2016년), 독일 모르스브로이 미술관(레버쿠젠 2020년), 플랫폼엘 컨템포러리 아트센터(서울 2020·2019·2017년), 포항시립미술관

(2019년), 아트선재센터(서울 2018년), 서울시립 북서울미술관(2018년), 네덜란드 드메이넨 미술관(시타르트 2018년), 대구시립미술관(2017년), 아르코미술관(서울 2017·2016년) 등에서 전시되었다. 네덜란드 국립미술원과 삼성문화재단 파리 국제 예술 공동체에서 거주 작가로 활동했으며, 에르메스 재단 미술상(2017년), 송은미술대상 우수상(2017년), 신도 작가 지원 프로그램(2016년), 두산연강예술상(2015년)을 수상하였다. 『부재자 참석자 초청자』, 『스코어 스코어』, 『연습곡』 등을 출간했다. 현재 암스테르담과 서울에서 작업하고 있다.

최장현: 미술사학자, 큐레이터. 현재 스탠퍼드 대학교 미술사학과 박사 과정에 재학 중이다. 뉴욕 현대미술관과 시카고 현대미술관에서 근무했고, 현재 『아트포럼』(Artforum), 『아트아시아퍼시픽』(ArtAsiaPacific), 『텍스트 주어 쿤스트』(Texte zur Kunst) 등의 매체와 다수의 전시 도록에 기고하고 있다. 샌프란시스코와 서울을 기반으로 활동하고 있다.

박수지: 독립 큐레이터. 큐레토리얼 에이전시 뤄뤼(AGENCY RARY)를 운영하며, 기획자 플랫폼 웨스(WESS)를 공동 운영한다. 학부는 경제학을, 석사는 미학을 전공했다. 부산의 독립 문화 공간 아지트 큐레이터를 시작으로, 미술 문화 비평지 『비아트』 편집팀장, 제주비엔날레 2017 큐레토리얼팀 코디네이터, 통의동 보안여관 큐레이터로 일했다. 『7인의 지식인』, 『줌백 카메라』, 『어리석다 할 것인가 사내답다 할 것인가』, 『유쾌한 뭉툭』, 『우정의 외면』 등을 기획했다. 이전에는 현대 미술의

정치적, 미학적 알레고리로서 우정, 사랑, 종교, 퀴어의 실천적 성질에 관심이 많았다. 이 관심은 수행성과 정동 개념으로 이어져, 이를 전시와 비평으로 연계하고자 했다. 최근에는 예술 외부의 질문에 기대지 않는 추상의 가능성, 예술의 속성 자체로서의 추상에 대해 고민한다.

창작으로부터?

토마

박수지·오민 엮음
조선령, 남수영, 신예슬, 오민, 최장현, 박수지 지음

1판 1쇄 발행 2021년 10월 15일
2판 1쇄 발행 2022년 10월 27일

발행 작업실유령
편집 워크룸   디자인 슬기와 민
제작 세걸음

작업실유령
03035 서울시 종로구 자하문로19길 25, 3층
workroom-specter.com

문의
전화 02-6013-3246   팩스 02-725-3248
wpress@wkrm.kr

ISBN 979-11-89356-82-8 03600
값 17,000원

이 책은 토탈미술관에서 열린 전시
『토마』(2021년)와 함께 구성되었으며,
한국문화예술위원회의 2021년도 문예진흥기금을
지원받아 발간되었습니다.

감상으로부터?